悪役令嬢は推しが尊すぎて今日も幸せ2

ぷにちゃん

JN250287

B's-LOG BUNKO
ビーズログ文庫

イラスト／すがはら竜
キャラクター原案／成瀬あけの

Contents

♥ プロローグ　妖精のいたずら……6
♥ 第一章　懐かしい食材との出会い……9
♥ 第二章　悪役令嬢のいじめは空回る……56
♥ 第三章　悪役令嬢は恋バナが好き……92
♥ 第四章　ドキッ！　急接近!?　夜の肝試し★……137
♥ 第五章　吊り橋効果のドキドキ？……174
♥ エピローグ　執事の願い……225
♥ 番外編　真夜中のダンス……233
♥ あとがき……247

オリヴィア・
アリアーデル
乙女ゲーム『ラピスラズリの指輪』
続編の悪役令嬢に転生した公爵令嬢。
推しを全力で愛でて、
この世界を謳歌したい！
レヴィ
オリヴィアを敬愛し、忠誠を誓う執事。
乙女ゲームに存在していなかった
キャラクターだが、超高スペック男子。
悪役令嬢は
推しが尊すぎて
今日も幸せ
2
CHARACTERS

カイル
乙女ゲーム『ラピスラズリの指輪』
続編の攻略対象キャラクター。
アイシラの執事。

アクアスティード・
マリンフォレスト
乙女ゲーム『ラピスラズリの指輪』
続編のメイン攻略対象キャラクター。
マリンフォレスト王国の美しき王太子。

アイシラ・
パールラント
乙女ゲーム『ラピスラズリの指輪』
続編のヒロインで、公爵令嬢。
純粋無垢で海の妖精に愛されている。

クロード・
アリアーデル
オリヴィアの二歳上の兄。
オリヴィアのことが大好き！

プロローグ　妖精のいたずら

マリンフォレストの王都から馬車で二日ほど離《はな》れた暗く静かな森の中で、海の妖精《ようせい》たちは頬《ほお》を膨《ふく》らませながら話をしていた。

『どうしてアイシラはあの子と遊ぶのかな』

『ぼくたちと一緒《いっしょ》の方が、絶対に楽しいのに！』

『川で遊んでくれなかったし……』

はあ～とため息をつきながら妖精たちが話しているのは、もちろん悪役令嬢《れいじょう》オリヴィアのことだ。アイシラがオリヴィアと関わっているのが、嫌《いや》で仕方がないらしい。

『どうにかしてアイシラからあの子を離せないかな？』

物騒《ぶっそう》なことを口にした妖精は、『う～ん』と頭を悩《なや》ませる。

しかし妖精たちに名案は浮《う》かばないようで、うんうんと唸《うな》るばかり。これではアイシラをオリヴィアに取られてしまう！　と騒《さわ》ぐ。

「はあぁぁ、眼福だわ！」

『――！』

突然《とつぜん》オリヴィアの声が耳に入り、妖精たちはハッと顔を見合わせる。茂《しげ》みから覗《のぞ》いてみると、黒い服の男と楽しそうに何かを見つめているではないか。

『むむ……あ、閃《ひらめ》いた！』

『なになに⁉』

『あの岩壁《がんぺき》に、穴を空《あ》けて誘《さそ》い込《こ》んでみたらどうだろう？』

『名案！』

上手《うま》く誘い込む方法はさておいて、妖精たちはさっそく岩壁へ行く。この中に空洞《くうどう》があることは、水の流れを感知できるので知っていた。

『えい！』

妖精は得意げに両手を前に出すと、ありったけの力を使って水魔法《みずまほう》を放つ。しかしちょっと亀裂《きれつ》が入っただけで、岩壁に穴を空けることはできなかった。

『よーし、次はわたしの番！』

『次はぼくが！』

残り二人の妖精も、同じように水の魔法を使う。手のひらから勢いよく飛び出す水は、まるで水鉄砲《みずでっぽう》のようだ。

三人が力を合わせた結果、どうにか人間が通れるくらいの穴を空けることに成功する。予想した通り、中は洞窟《どうくつ》になっていた。

『ふっふーん、これでアイシラをあいつから離せるはず！』

やったやったと妖精たちは盛り上がって手を叩《たた》く。そしてすぐ近くまでオリヴィアが来ていることに気づき、慌《あわ》てて洞窟の中へと隠《かく》れた。

盛り上がっていた妖精たちは気づかなかった。洞窟から聞こえてきた、消え入りそうな『たすけて』という声に――。

第一章　懐かしい食材との出会い

「はあぁぁ〜、今日もとっても素敵《すてき》だわ！」

朝起きて、オリヴィアは自室のバルコニーから外の空気を思いっきり吸《す》い込《こ》む。何度も深呼吸を繰《く》り返《かえ》して、世界の素晴《すば》らしさをその身で感じるのだ。

すると、まるで酸素の一部にでもなった気分になる。そうなると、自分は世界そのものなのでは——という妄想《もうそう》がはかどって朝から楽しい。

「おはようございます、オリヴィア」

ちょうど深呼吸を終えると、後ろから声をかけられた。

朝のティーセットを用意してこちらを見ているのは、オリヴィアの専属執事《しつじ》のレヴィだ。

「おはよう、レヴィ。今日もいい朝ね」

「はい。とても」

この世界を愛しすぎている悪役令嬢《れいじょう》、オリヴィア・アリアーデル。

ハニーグリーンの瞳《ひとみ》と、毎日レヴィが念入りに手入れをしてくれている天使の輪が美しいローズレッドのロングヘア。

生まれたときから前世の記憶《きおく》を持っていたオリヴィアも、十七歳のレディへ成長したが――中身は生まれたときから特に変わっていない。

大好きな乙女《おとめ》ゲーム『ラピスラズリの指輪』の続編の悪役令嬢に転生したのだからと、この世界を毎日謳歌《おうか》している。


オリヴィアに心酔《しんすい》している忠実な僕《しもべ》――ではなく、執事のレヴィ。

後ろに流してまとめた漆黒《しっこく》の髪と、オリヴィアの髪色と同じローズレッドの瞳。黒の執事服をさりげなく上品に着こなす二十二歳の美青年だ。

普段《ふだん》はあまり表情を変えることはなく、冷静さを保っているが、オリヴィアの前では破顔する。

唯一《ゆいいつ》オリヴィアに名前を呼び捨てることを許され、敬愛とも親愛とも恋愛《れんあい》ともとれるような、ただ一つの愛をオリヴィアに向けている。


「本日はラピスラズリの茶葉を使い、新鮮《しんせん》な檸檬《レモン》を使用したレモンティーです」

「いい香りね。はあぁ、さすがラピスラズリの茶葉だわ！」

オリヴィアの場合、頭にラピスラズリという一言がつくだけでテンションが爆上《ばくあ》がりしてなんでも褒《ほ》める。

それほど乙女ゲームの舞台《ぶたい》ラピスラズリ王国を――この世界を愛しすぎている。

今いるマリンフォレスト王国も同じく愛してやまないのだが、隣《となり》に位置するラピスラズリ王国はそう簡単に行けないため過剰《かじょう》に反応してしまうのだ。


オリヴィアが席に着くと、レヴィが薄手《うすで》の羽織《はおり》をかけてくれた。

「朝はまだ冷えますから」

「ありがとう」

指先まで美しいオリヴィアは、優雅な所作で紅茶を口にする。オリヴィアほどの令嬢は、きっとこの世界のどこを探してもいないとレヴィは思っている。

ふと、レヴィの視線を感じてオリヴィアは顔をあげた。

――すごく見られているわ。

「レヴィ？　わたくしの顔に何かついているかしら……」

「いえ、オリヴィアは本日も世界一美しいです」

「……んんっ」

思わず紅茶を噴《ふ》き出《だ》すところだった。

どうしてこの執事は真顔でとんでもないことを言ってのけるのだろうか。数年間一緒《いっしょ》にいるけれど、絶対にぶれない。

オリヴィアはこほんと咳払《せきばら》いを一つして、「今日の予定はなんだったかしら」とレヴィに尋《たず》ねた。

「本日はいつものようにお勉強と、午後に王城へ行く時間がとれそうですよ」

「本当⁉」

レヴィの言葉を聞いて、オリヴィアは勢いあまって椅子《いす》から立ち上がる。行きたい行きたいと夢見ていた王城へ、やっと行けるのだ。

ただ勘違《かんちが》いしてはいけないのは、『王城へ行く』のが目的ではないということだ。王城には、オリヴィアも足を運んだことがあるし、なんならレヴィと一緒に忍《しの》び込ん――げふんげふん。


王城へ行く目的はずばり、悪役令嬢ティアラローズを一目見るため！

ティアラローズとは、乙女ゲーム『ラピスラズリの指輪』の初代悪役令嬢で、オリヴィアが勝手に先輩《せんぱい》と慕《した》っている人物だ。

その人物がなんと、続編のメイン攻略《こうりゃく》対象であるアクアスティード・マリンフォレストと恋《こい》に落ちたのだ‼　さすがにこれには驚《おどろ》きを隠《かく》せなかった。

二人は障害を乗《の》り越《こ》え、無事に結婚《けっこん》し、王城で幸せに暮らしている。

そんなドラマのような恋をした二人を、見たくない人などいるのだろうか？　いや、いない！

ということで、オリヴィアはずっとずーっと二人の様子を見に行きたいと楽しみにしていたのだ。

ティアラローズがマリンフォレストへやってきたのは婚約《こんやく》したときだったので、もう一年も前だ。そのときからずっと今を待ち望んでいた。

本来であればすぐにでもお祝いに王城へ駆《か》けつけなければならなかったが、オリヴィアにはどうしてもそれができない理由があった。

――そう、あれは一年前のよく晴れた日のこと。

ドパァァァァッ！

突如《とつじょ》オリヴィアの鼻から盛大《せいだい》な鼻血が噴き出した。

いや、突如という表現はおかしいだろう。なんせ百メートルほど先に仲睦《なかむつ》まじそうにしているアクアスティードとティアラローズがいるのだから。

「あ、あ、あ……あぁぁっあ～っ！」

「……っ、ハンカチがいくらあっても足りない……!!」

レヴィが全力でハンカチを替《か》えていくが、オリヴィアの鼻血は止まらない。

「ティアラローズ先輩……っ！」

——これがオリヴィアが王城へ足を運べなかった理由。

ゲーム関連のこととなると、オリヴィアは興奮のあまり鼻血が出てしまうのだ。生まれたときからの体質なので、もうどうしようもない。多少の耐性《たいせい》がつけば鼻血も落ち着くのだが……さすがはメイン攻略対象と悪役令嬢の先輩だ。止まらなかった。

この日、オリヴィアとレヴィは王城の外壁《がいへき》の隙間《すきま》から、こっそり庭園を覗《のぞ》いていた。

自分の体質は十分に把握《はあく》しているので、まずは鼻血が出る体質を考慮《こうりょ》してこっそり見るところから始めようと考えたのだが……まったく把握できていなかった。想像以上に鼻血まみれになってしまったのだ。

ラブラブと噂《うわさ》されている二人の様子は、噂の通り本当にラブラブだったのだが——ラブ

ラブが過ぎた。

「はわわわ、も、もしや……！」

アクアスティードがティアラローズの髪に触《ふ》れ、こめかみに優《やさ》しくキスをしている。こんなシーン、ゲームのスチルでもなかなか拝《おが》むことはできない。

——まさかそれを、な、な、生で見ることができるなんて‼

ドキドキが加速しすぎてオリヴィアの心臓は破裂《はれつ》してしまいそうだ。

「はぁはぁはぁはぁ……レヴィ、わたくし、わたくし……」

言葉にならない。

「こ、このまま……キ、キッスをされるのかしら⁉」

——ぜひ見たい。

しかしそんな出歯亀《でばかめ》のようなことをしてはいけないという、心の葛藤《かっとう》もある。

どうするべきかとドキドキしつつ目を血走らせて鼻血を流しながら二人をガン見していると、ふいに視界に影《かげ》が落ちた。

「——っ⁉」

「オリヴィア、これ以上はいけません」

いいところで止められてしまった。けれど、二人の愛の語らいを覗くというはしたない真似《まね》をする前に止めてくれてありがとうとも言いたい。乙女心は複雑なのだ。

レヴィとしては、このままラブシーンを見せつけられたら本気でオリヴィアが失血死してしまうのでは……と、実は内心かなり動揺《どうよう》していた。

もちろんそんな様子は一切《いっさい》見せず、冷静に振舞《ふるま》っているけれど。

「この距離《きょり》でこれだけ鼻血が出るとなると、しばらく直接お会いするのは止《や》めた方がいいですね……」

「しょんなっ！」

とってもとーっても楽しみにしていたのにと、オリヴィアは涙目《なみだめ》になる。

普段はオリヴィアに甘いレヴィも、キッパリNOと言うこともあるのだ。

「失血死してしまいます。しばらくはお二人の姿絵を見て、ほかの方から二人の様子を伺《うかが》って、遠目から見る練習を始めましょう」

別にレヴィとて意地悪で駄目《だめ》と言っているわけではないのだ。

ただ、段階を踏《ふ》んで死なないようにしてほしい……と、思っているだけで。できるのであれば、本当は今すぐにでも二人とオリヴィアを会わせてあげたいのに。

レヴィの言葉を聞き、オリヴィアは頷《うなず》いた。

「そうよね、わたくしはまだ修行《しゅぎょう》が足りなかったのだわ」

仕方がないとあきらめて、オリヴィアは「レヴィ」と名前を呼ぶ。

「はい」

レヴィはすぐにオリヴィアの思いを汲《く》む。推《お》しへの愛で過呼吸気味になったオリヴィアを抱《だ》き上《あ》げ、王城を後にした――。


そして今日。

一年前の雪辱《せつじょく》を果たす！　という勢いで王城へやってきた。

「ふふ、かなり遠くからだけどアクアスティード殿下《でんか》とティアラローズ先輩を眺《なが》める練習をしたから、きっともう鼻血なんて出ないわ！」

「オリヴィアなら、きっとできるはずです」

笑顔《えがお》で応援《おうえん》してくれているレヴィにも、報《むく》いなければ。

「さあ、行きましょう」

――いざ、王城へ。

ドレスの裾《すそ》を翻《ひるがえ》し歩くオリヴィアの姿は、まさに気高き公爵家《こうしゃくけ》の令嬢だ。

そして思い知った。

メイン攻略対象キャラクターの破壊力《はかいりょく》を。

「はぁぁ……」

王城へアクアスティードとティアラローズを見に行ってから数日、オリヴィアは屋敷《やしき》で過ごしていた。

体調は回復したものの、休んでいた分の勉強がたまってしまっていて……自室で頑張《がんば》って机に向かっている。

まあつまりは再び鼻血が出すぎて、すぐ帰ってきたのだ。やはりアクアスティードは別格で、その姿を一目見ただけで全身の血液が沸騰《ふっとう》しそうだった。いや、した。


ここ最近のオリヴィアは、屋敷にいる間は勉強地獄《じごく》だ。

幼少期から公爵家の娘《むすめ》として家庭教師はついていたが、今は経済に関することなど幅広《はばひろ》く勉強の分野を広げているのだ。

本来ならば、いずれどこかに嫁《とつ》いで夫を支えるのだからそのような勉強は必要ない――そう思うだろうが、そうはいかない訳がある。

その理由は、レヴィにある。

「オリヴィア、経済に関する知識を身につけておくと、聖地巡礼《じゅんれい》で他国へ行った際とても役に立ちますよ」

「……そうね」

いい笑顔で告げるレヴィだけれど、オリヴィアは彼が「女公爵にしてみせます」と言ったことを忘れてはいない。

――この勉強は、間違《まちが》いなくわたくしを女公爵にさせるためのものだわ。

しかし聖地巡礼に役立つというのも間違ってはいないどころか、大いに役立つ。なので、まんまとレヴィの手のひらの上でコロコロ踊《おど》らされているのだ。

――他国では物の価値などマリンフォレストとは違《ちが》うでしょうし、遠くへ行くなら不測の事態を自分でどうにかできるすべも手にしておきたい。

つまるところ、知識はあればあるだけいいのだ。

とはいっても、オリヴィアは女公爵になるつもりは毛頭ない。そもそもアリアーデル家の次期公爵は兄のクロードだ。

――わたくしはゲームのエンディング後、追放されてこの世界を謳歌したかったのに！

「追放という明るい未来は……」

「アクアスティード殿下がティアラローズ様と結ばれたのですから、オリヴィアが追放されることはありません」

「……っそうだけど！　もしかしたらシナリオが変わった関係で追放されるかもしれない

じゃない」

追放されるには？　と、検索《けんさく》でもしそうな勢いで打ちひしがれる。

――そう、オリヴィアがエンディング後に追放される未来は潰《つい》えた。

というのも、元々悪役令嬢であるオリヴィアの将来を左右するには、アイシラとアクアスティードの結婚が必要だった。

ハッピーエンドならば国外追放。

バッドエンディングならば修道院。

ただし、アイシラがアクアスティード以外の攻略対象キャラクターと結ばれた場合、オリヴィアはアクアスティードと結婚する。

ゲームでは、そんなシナリオが描《えが》かれていたのだ。

しかし現実世界ではアクアスティードとティアラローズが結婚し、アイシラは相手がいない。正直、不確定要素は多いが……追放される可能性はゼロに近いだろう。

――悪役令嬢としてアイシラ様をいじめてはいるけれど、追放するには理由が弱すぎるのよね。

アクアスティードルートに進み王太子妃《おうたいしひ》になったアイシラをいじめていたのであれば、

王族という身分もあって追放されるが……公爵令嬢のままでは、処分も何もされない。

かといって、わざと追放されるほどの悪事を働くつもりもない。

ゲーム通りにアイシラを適度にいじめて、彼女がほかの攻略対象キャラクターとハッピーエンドを迎《むか》えられればそれでいいのだ。

――追放されるのが一番自由でよかったけど……。

レヴィが望む女公爵になんてなってしまったら、おちおち聖地巡礼に行くことだってできない。追放が無理ならば、伯爵家《はくしゃくけ》の次男あたりと結婚してのんびり暮らすのが無難なところだろうか。

追放後を考え貯金をし、推しに貢《みつ》ぐための貯金もしたというのに。もし『病院を作るので寄付を』と言われれば、一棟《とう》建てられるくらい寄付ができる。


――でも。


オリヴィアは教科書からちらりと顔を上げて、新しい紅茶を用意しているレヴィを見る。

実はこの執事に、告白されてしまっているのだ。

ただ、特に返事はしていないというか――レヴィはオリヴィアと結ばれたいというわけではないらしい。

オリヴィアが気高く生きていてくれたらそれでいいのだと、レヴィは自分の想《おも》いに蓋《ふた》をした。

追放されたら結婚もできるかもしれないとオリヴィアはレヴィに言ってみたが、結婚ができなくとも、たとえほかの男と結婚したとしても、自分を救った気高いままのオリヴィアでいてほしいのだ――と。

つまりそれが、女公爵だ。

「わたくしはこの世界を隅々《すみずみ》まで見たいのに……」

女公爵になぞなったら、そうそう遠出もできなくなってしまう。オリヴィアがぽつりとつぶやくと、レヴィがこちらを見た。

「……でしたら、勉強の息抜《いきぬ》きに聖地巡礼に行かれますか？」

「えっ⁉　いいの⁉」

レヴィの言葉に、オリヴィアはぱあぁっと嬉《うれ》しそうな表情に変わる。おめめはとってもキラキラだ。

「いいも何も、私はオリヴィアの執事です。オリヴィアの望みを叶《かな》えるのが、私の幸せです」

と言いつつも、レヴィが追放エンドだけは絶対に駄目勢だということをオリヴィアは知っている。その可能性は低くとも、もしもが起こらないように手を回すのがレヴィだ。

──口に出したりはしないけど。

しかしレヴィがいいと言ってくれているのだから、行かないという手はない。いざゆかん、聖地へ──！

「ヴィー、出かけるのかい？」

オリヴィアがスキップをしながら馬車へ乗ろうとしていたら、ちょうど兄のクロードが帰ってきた。

「お兄様！　おかえりなさい」

「おかえりなさいませ」

レヴィは一歩後ろに下がり、頭をさげて控《ひか》える。

「そんなにかしこまらなくていいよ、レヴィ」

気さくな笑顔を向けるのは、クロード・アリアーデル。

ハニーグリーンの瞳と、肩《かた》の長さで切《き》り揃《そろ》えられた母親ゆずりの金色の髪。整った顔立ちの美青年で、オリヴィアをとても可愛《かわい》がっている。

年はオリヴィアの二つ上の十九歳で、アリアーデル家の長兄《ちょうけい》であり次期公爵だ。

オリヴィアは馬車に乗るのを止めて、クロードの下へ行く。

「少し近場を馬車で回ろうと思いまして。できればラピスラズリまで行けたらいいのですが……」

「本当にラピスラズリが好きだね。いっそ、ラピスラズリの貴族に嫁ぐかい？」

なんて、冗談《じょうだん》——とクロードが付け加えようとしたら、オリヴィアが目を見開いて震《ふる》えている。

そうか、その手があったのか！　とでも言いたげだ。

「……ヴィー、冗談だからね？」

「え、ええ！　もちろんよ！　わたくし、今のところ結婚は考えていないもの」

「………………」

そこは考えてほしい——そう思ってしまったクロードだが、可愛い妹を無理やり結婚させたいとは思っていない。

本当は婚約者《こんやくしゃ》がいてもおかしくはないのだが、オリヴィアは以前アクアスティードと婚約をして一瞬《いっしゅん》で解消するという出来事があった。加えて本人の鼻血体質があるので、父も慎重《しんちょう》になっているのだ。

「暗くなる前に帰ってくるんだよ、ヴィー」

「はい！　お土産《みやげ》を買ってまいりますね」

「ああ。いっておいで」

「いってきます！」

クロードに見送られ、オリヴィアは聖地巡礼に出発した。


馬車に揺《ゆ》られて二時間ほど。

オリヴィアは郊外《こうがい》にある丘《おか》へやってきた。ここもゲームのデートスポットで、ゆったりした時間を過ごすことができる。

本来は一時間もあれば着くのだが、街中を馬車で見て回っていたために時間がかかってしまった。聖地は何度見てもいいし、街で新しいお店を発見するのも楽しい。


丘の上に布を敷《し》いて座り、オリヴィアは景色を堪能《たんのう》する。

――はぁん、ヒロイン気分だわ！

ここの丘はゲームで何度も登場している。

最初はたわいのない会話で、自分たちの好きなことを話したりしていた。アイシラ――

ヒロインが好きなものは海なので、海に関する話題も多かった。

仲良くなってくると、ヒロイン自身の悩《なや》みなども話題に上がる。ヒロインは海をきちんと管理していけるだろうかだとか、海ばかりにいるので社交が苦手……などだ。

攻略対象キャラクターたちはヒロインの意外な一面を知り、次第《しだい》に惹《ひ》かれていく。ゆっくり愛を育む様は、見ていてときめきしかない。

もちろんそのほかにも、ここでは愛を深めるためのイベントが起きている。

――はあぁ、イベント時のスチルが脳裏《のうり》に浮《う》かぶわ。

「何時間でもこの景色を見ていられるわね……」

レヴィの淹《い》れてくれた紅茶を飲み、お菓子《かし》を食べ、ゲームのシーンに浸《ひた》りながら……。

こんなに幸せな時間は、そうそうない。

ゲームのことを思い出しながらお茶を飲んでいると、ふいに「うわあああっ」という叫《さけ》び声《ごえ》が聞こえてきた。

――そうそう、こんなイベントもあったわね。

突然《とつぜん》現れた猪《いのしし》に似た角《つの》の生えた生き物――『フォレスホーンボア』に襲《おそ》われ、攻略対象キャラクターに守ってもらう。

恐怖《きょうふ》で足がすくむけれど、戦う姿を見てその格好良さに惚《ほ》れ直してしまうのだ。

まるでゲームを自分で体験しているかのよう――

「って、悲鳴⁉」

うっかりゲームと現実の区別がつかなくなるところだった。

尋常《じんじょう》ではないその声にオリヴィアが立ち上がると、レヴィが冷静に状況《じょうきょう》を判断する。

「……おそらく、野生動物か何かに襲われているのでしょう。四足歩行の足音が地面から響《ひび》いてきますから」

「大変じゃない！　助けなきゃ……レヴィ‼」

「――はい」

レヴィは名前を呼ばれるとすぐ大地を蹴《け》って、声のする方へ向かう。もちろん周囲に視線を巡《めぐ》らせ、オリヴィアが危険にさらされないことも確認《かくにん》する。

「大丈夫《だいじょうぶ》かしら……」

すぐにレヴィを向かわせたものの、相手が四足歩行の何かということしかわからないので不安は大きい。オリヴィアはレヴィの駆けて行った方を心配そうに見つめる。

――フォレスホーンボアだったらどうしよう。

いや、いくらなんでもそんなお約束な展開はありえないだろうと、オリヴィアはその予想を否定するように首を振《ふ》る。

「でも、もしもってことも……」

いくらレヴィが自分の護衛《ごえい》も務めているとはいえ、さすがにフォレスホーンボアに勝て

ると は思えない。

　オリヴィアはさあぁっと青ざめる。

「大変、助けにいかなきゃ!!」

　オリヴィアは慌《あわ》ててレヴィが駆けていった方へ足を踏み出し——違う不安に襲われる。

「でも、わたくしは運動が得意ではない……」

　加勢どころかレヴィの足手まといになることは目に見えている。オリヴィアは前世から運動が苦手だったし、得意な体育といえば卓球《たっきゅう》くらいだ。

「どうしましょうどうしましょう……」

　思わずその場をうろうろしてしまう。

　すると——

『ギャウゥッ』

　という声が聞こえて、ぴゃっと飛び上がる。

　——え、え、え、え、えっ!?

「だ、誰《だれ》の声!?　レヴィ!?　って、そんなわけないわ!!」

　あれはレヴィの声ではなく、獣《けもの》の声だ。

　レヴィたちを襲ったのだろうか、それともレヴィが倒《たお》したのだろうか……？　わからず、嫌《いや》な汗《あせ》が背中を流れる。

「……………」

祈《いの》るように待っていると、レヴィが戻《もど》ってきた。後ろには十代半ばくらいの少年が一緒にいる。

——あの男の子が襲われていたのかしら。

男の子は服がボロボロになっているけれど、レヴィは汚《よご》れ一つ付いていない。

「大丈夫だった？」

「はい。フォレスホーンボアがいたので、討伐《とうばつ》しておきました」

「そう……って、え？」

レヴィはなんでもないことのように言うが、フォレスホーンボアは強く、そう簡単に倒せる相手ではない。

てっきりどうにか逃《に》げ帰《かえ》ってきたものだとばかり思っていたのだが……。

——え、本当に倒しちゃったの？

もしかしてうちの執事、この世界で一番強いのでは？

フォレスホーンボアは額《ひたい》に二本の角があり、四ツ目で、鋭《するど》い牙《きば》と、勢いのある突進《とっしん》で攻《こう》撃《げき》してくる凶暴《きょうぼう》な生き物だ。

モンスターと言った方がしっくりくるかもしれない。

　オリヴィアがあまりの出来事に処理落ちしていると、ガサガサッと草木が揺れた。見ると、一匹《ぴき》のフォレスホーンボアが怒《いか》りに満ちた目でオリヴィアに飛びかかってくるところだった。

『グルルゥッ！』

「……っ⁉」

　やばい、そう考える余裕《よゆう》もないくらい速く、フォレスホーンボアはオリヴィアの眼前まで一瞬でやってきた。

　足で思いっきり地面を蹴るため、瞬発力《しゅんぱつりょく》がすごいのだろう。

　――死ぬ。

　純粋《じゅんすい》にそう思ってしまったのも、きっと仕方がなかったと思う。けれどオリヴィアが両の腕《うで》で自分を庇《かば》うより早く、「オリヴィア」と自分を呼ぶ声が聞こえた。

「大丈夫です、落ち着いて」

「――っ、レヴィ！」

　レヴィはオリヴィアの腰《こし》を抱いて自身の後ろへ隠すと、流れるような動作でナイフを投げつけた。

　当たったナイフにフォレスホーンボアが怯《ひる》むと、さらに二本、三本……と追加のナイフを投げつける。

――レヴィの暗器！

ナイフはトータルで五本、すべて命中したが、致命傷《ちめいしょう》にはならなかったようでフォレスホーンボアはレヴィに向かって突進してきた。

「レヴィ‼」

オリヴィアが悲鳴をあげると、レヴィは「問題ありません」と片手でオリヴィアを軽々と抱き上げ、まるで闘牛士《とうぎゅうし》のようにフォレスホーンボアの突進を躱《かわ》した。

そして再びナイフを投げてトドメをさす。

――え、レヴィ……強ッ‼

ゲームで攻略対象キャラクターたちが倒すときは、多少なりとも苦戦していたのに、この圧倒的《あっとうてき》な強さはなんなのか。

しかもオリヴィアを抱《かか》えたまま、難なく。フォレスホーンボアに対する恐怖からレヴィの首元に抱きついていたけれど、いろんな意味でドキドキしてしまった。

「オリヴィア、怪我《けが》はありませんか？」

「それはこっちの台詞《せりふ》だわ」

思わず真顔で返事をしてしまった。

フォレスホーンボアは倒せたので、念のため周囲を見回して現状の確認だ。

オリヴィアとレヴィに怪我はないが、最初に襲われていたと思われる少年は怪我をしているようだった。

「彼は怪我をしているみたいね、すぐに手当てをしましょう。レヴィ」

「はい」

レヴィが馬車に積んである救急箱を取りに行っている間に、オリヴィアは少年に声をかける。

「もう大丈夫よ」

「あ……ありがとうございます」

「わたくしはオリヴィア。助けに入った彼は執事のレヴィ。あなたは？」

「え、と……ピノ村のナッツです」

ナッツと名乗った少年が頭を下げると、背中にしょっているカゴに入っていた芋《いも》が地面に落ちてしまった。

「す、すみません……っ！」

「そんなにかしこまらなくて大丈夫よ」

貴族のオリヴィアを前にして緊張《きんちょう》している十五歳の少年、ナッツ。

手櫛《てぐし》で簡単に整えただけの薄茶《うすちゃ》の髪と、青い瞳。衣服はあちこちつぎはぎされ、フォレスホーンボアに襲われたためか汚れも目立つ。

背中にしょっているカゴに入っていたのは、丸みを帯びた芋に赤い芽が出ているもので、どうやらこんにゃく芋のようだ。

――この世界に転生してから初めて見たかもしれないわ。

現代では簡単に手に入るこんにゃくだが、実際に作るとなるとその工程はこんにゃく芋を育てるところからとても大変で面倒《めんどう》くさい。

オリヴィアが落ちたこんにゃく芋をナッツと一緒に拾っていると、レヴィが戻ってきた。

「お待たせしました。怪我の治療《ちりょう》をしましょう」

「ありがとうございます」

ナッツを敷き布に座らせて、レヴィが怪我の具合を見ていく。

幸いなことに擦《す》り傷《きず》だけだったので、簡単な消毒だけで問題なさそうだ。

「酷《ひど》くなくてよかったわ」

オリヴィアがナッツに微笑《ほほえ》むと、うっと言葉に詰《つ》まった。こんなに綺麗《きれい》な令嬢が自分を助けてくれたことが、信じられないのだ。

オリヴィアがレヴィに命じなければ、フォレスホーンボアに殺されていたかもしれない。

自分はなんて幸運だったのだろうかと、ナッツは思う。

怪我の手当てが終わると、ナッツは深々と頭を下げた。

「本当にありがとうございました」

「どういたしまして。ナッツが無事でよかったわ」

「このご恩は一生忘れませんし、自分にできることでしたらなんでもします」

そう言ったナッツの目は真剣《しんけん》で、何かしなければ気が済まないという気迫《きはく》を感じる。

——でも、助けるのは貴族の義務みたいなものだし……。

そもそも子どもを助けて見返りを要求するつもりなんてない。

オリヴィアと二つほどしか違わないナッツを子ども扱《あつか》いするのもどうかと思うが、こちとら前世は二十九歳まで生きているのだ。十代の子を助けようとするのに、理由なんて必要ないだろう。子どもを助けるのは、大人の義務だ。

「わたくしはお礼の言葉だけで十分よ」

「それじゃあ俺の気がすみません……！」

「うーん……」

オリヴィアが辞退しようにも、ナッツは引き下がらない。さてどうしたものかと思っているところで、レヴィが間に入ってきた。

「オリヴィアに必要なものは私がすべて用意しますので、そういった気遣《きづか》いは不要です」

「お、おお……」

何か違う。そう思ったオリヴィアだったが、ナッツはレヴィの有無《うむ》を言わせない迫力《はくりょく》に思わず後ずさった。

少し休憩《きゅうけい》したオリヴィアたちは、帰《かえ》り支度《じたく》を始める。

「ナッツ、送っていくわ。ええと……王都に行く途中《とちゅう》だったのかしら？」

オリヴィアが推測で問いかけると、ナッツは頷いた。

ナッツの住んでいるピノ村は、ここから西に馬車で二日ほど行った所にある。苺《いちご》が特産品の村で、住人は五百人程度。小さな村だが活気があり、オリヴィアも一度行って見たいと思っていた場所だ。

今から村に帰るには遅《おそ》い時間だし、カゴのこんにゃく芋を売りに行くところだったのだろうとオリヴィアは推測した。

しかしナッツの表情は少し曇《くも》りがちだ。

「どうかしたの？」

「あ……このこんにゃく芋を売りに行くところだったんですけど、売れるか不安で。来る道すがら売ろうとしたんですが、誰にも買ってもらえなかったから……」

ナッツの言葉に、オリヴィアはなるほどと頷く。

こんにゃくは王都でも見たことがないので、ナッツの不安はもれなく的中してしまうかもしれない。

しかしそうだとしたら、なぜこんにゃく芋で商売をしようとしているのだろうと首を傾《かし》げる。ピノ村には美味《おい》しい苺もあったはずだ。

「今までもそのこんにゃく芋を売って生活を？」

「……今までは、ばあちゃんがこの芋をこんにゃくっていう食材に加工してから売ってたんです。でもばあちゃんも死んで……両親も、俺と姉ちゃんが小さな頃《ころ》に死んで加工できる人がいなくて……」

「そうだったの……」

ナッツの話によると、祖母とナッツと姉の三人でこんにゃく芋を育てて暮らしてきたのだという。

ただ問題は、その加工技術が姉弟《きょうだい》にしっかり伝わっていなかったようだ。

「一応、教えてもらった通りにこんにゃくを作ろうとしてみたんですけど上手《うま》くできなくて。王都だったら、芋のままでも買い取ってもらえるかもしれないって……」

だからここまで歩いて来たとナッツが言う。

本当なら辻《つじ》馬車に乗れればよかったのだが、今はほぼ収入がないため歩いてきたのだと言う。

──なんてこと。

健気《けなげ》なナッツに、オリヴィアは涙が止まらない。

──わたくしがナッツに、手を差し伸《の》べるのは簡単。

けれど、それではナッツたち姉弟が自立することにはならない。こんにゃく芋を買い取るとか、なんらかの仕事を紹介《しょうかい》してあげるのがいいだろうか。

──本当は、こんにゃくの作り方をわたくしが知っていたらよかったのだけれど……。

多少の作り方はレシピサイトで見た記憶があるが、詳細《しょうさい》までは覚えていない。

さてどうするかとオリヴィアが悩んでいると、レヴィが「ピノ村に別荘《べっそう》を建てるというのはいかがでしょう？」と提案してきた。

「オリヴィアの別荘は複数の街や村にありますが、ピノ村にはまだありませんから」

「別荘を？　……いいわね！」

オリヴィアはすぐに食いつく。別荘はいくつあってもいいし、可能であれば村や街一つに一別荘が理想だ。

そうすれば心置きなく聖地巡礼を行う拠点《きょてん》にすることができる。

それぞれの別荘に図書室を作って攻略本を置くのもいいかもしれない。別荘一つ一つが、ゲームの博物館になったら楽しいし毎日がハッピーだ。

「こうしちゃいられないわ！　すぐに職人を用意して取りかからなきゃ！」

「えーっと……？」

テンションを上げてはしゃぐオリヴィアに、ナッツは戸惑《とまど》う。つい先ほどまでのお淑《しと》やかな令嬢はいったいどこに行ってしまったのだろう？　と。

「ああ、ごめんなさいナッツ。実はわたくし、別荘がほしかったの。ピノ村の立地を見て、いい場所があれば建てたいから……案内をお願いできないかしら」

「それは……もちろんいいです、けど……」

突然すぎてナッツの思考が追い付いていかない。

「それと、こんにゃく芋の加工方法も一緒に模索《もさく》しましょう」

「え」

助けてもらっただけではなく、さすがにそこまで甘えるわけにはいかない。ナッツがすぐ首を振ろうとしたが、オリヴィアが「大丈夫よ」と優雅に微笑む。

「わたくしも久しぶりにこんにゃくを食べてみたいの」

「え、知ってるんですか……？　とてもじゃないけど、貴族の食べるようなものじゃないと思う……んです、けど……」

「貴族だって食べると思うわ。ただ、こんにゃくは珍《めずら》しいから流通がなくて、貴族はもちろん庶民《しょみん》も知らない人がほとんどなのよ。わたくしだって、大昔に食べたきりだもの」

──前世だけれど。

オリヴィアの言葉に、ナッツも頷く。

「村でも、うちしか作ってないんです。だから、村の外へ売りに行く機会もあんまりなくて……」

ピノ村以外では、こんにゃくの存在を知っている人はほぼいないらしい。

「ナッツは収入のためにこんにゃく加工をしたい。わたくしはこんにゃくを食べたい。利害は一致《いっち》しているわね」

「そうですけど、期待に応《こた》えられないかもしれません……」

今までだってどうにかこんにゃくを加工しようと頑張ったが、上手くできなかったのだ。

そう言って項垂《うなだ》れるナッツに、オリヴィアはふふっと微笑む。

「わたくしの執事は優秀《ゆうしゅう》なの」

「お任せください、オリヴィア」

いったいどこからこの自信がきているかはわからないが、オリヴィアはレヴィなら成《な》し遂《と》げると確信している。

「あ、お……はい……」

ナッツはただただオリヴィアとレヴィの迫力に圧倒《あっとう》されるばかりだった――。


――ナッツとの出会いから数日後。

オリヴィアが自室で読書をしていると、クロードがやってきた。

「おはよう、ヴィー」

「もうお昼ですわ、お兄様」

クロードの眠《ねむ》そうな表情を見ると、夜遅くまで勉強をしていたのだろう。オリヴィアは眠気覚ましにハーブティーを淹れてあげる。

「あれ、レヴィはいないのかい？」

オリヴィアが自分で淹れるのは珍しいと、クロードは部屋を見回した。しかしいつも側《そば》に控えている執事の姿はない。

「ピノ村へ行っているんです」

「ああ……ヴィーの連れてきたナッツという客人を送っているのか」

「そうです」

クロードの言葉に、オリヴィアは頷く。

丘でナッツと出会ったあと、オリヴィアは彼を屋敷へ招待した。ナッツと顔を合わせた父親のオドレイには、「人を拾ってきたのか⁉」と焦《あせ》ったように言われて少し笑ってしまったが、そういうつもりはまったくない。

おそらくレヴィを連れて帰ってきてオリヴィア専属の執事にしたので、また同じようなことを言い出すと思ったのだろう。

満身創痍《そうい》だったナッツに十分休息を取ってもらい、レヴィに頼《たの》んでピノ村へ送っているところなのだ。

また、こんにゃく開発に向けてこんにゃくを買い取らせてもらい、売るものがあればオリヴィアが買い取るという約束もした。

「しかしフォレスホーンボアが出るとはね。ヴィーに怪我がなくてよかったよ。父上と対策を話し合って、丘周辺を定期的に兵に見回りさせるようにしたから」

これで多少は安心だろうと、クロードが微笑む。

「お兄様……」

――寝不足《ねぶそく》だったのは、兵の手配などをしていたからなのね。

立派な兄が、オリヴィアは誇《ほこ》らしくなる。本当にどうしてこの優秀で優しくイケメンな兄が攻略対象キャラクターではなかったのか。不思議だ。

「そういえば、彼から何か買ったんだって？　さっき料理長が楽しそうにしていたよ」

「こんにゃく芋です。料理に使えるのですが、加工がかなり大変なんです。職人だったナッツのおばあ様が亡《な》くなってしまって……。どうにか再現しようとしているんです」

「そうだったのか……技術が失われて行くというのは、どうにも寂《さび》しいものだね。上手く復活させられるといいけれど」

クロードが目を伏《ふ》せ、寂しそうに告げる。

「……うちの料理人とレヴィなら、見事にこんにゃくをよみがえらせてくれますわ」

信じていますからと、オリヴィアは胸を張る。

「そうだね。というか、レヴィに不可能はないんじゃないかと思うよ……」

本当にあの執事は年々人間離《にんげんばな》れしていくと、クロードは遠い目になる。

「たまにレヴィは妖怪《ようかい》か何かではと思いますわ」

オリヴィアが真面目《まじめ》な顔でそう言うと、クロードが噴き出して笑う。

「それは確かに言えてるな。こないだ鍛錬《たんれん》に付き合ってもらったが、懐《ふところ》から無限に短剣《たんけん》が出てきたぞ……」

「わたくしも何本入っているかは気になっています」

レヴィの戦闘《せんとう》スタイルは暗器使いなので、無限とも思える短剣を投げてくるのだ。どこに入れているの？　もしかして無から生み出しているの？　チートなの？　と、オリヴィアはいつも思っている。一度じっくり覗いてみたいものだ。

「でも、いつ鍛錬なんてしていたんです？」

「ヴィーが勉強をしているときに、少しね」

「ああ……」

どうやらオリヴィアが女公爵になるための勉強を詰め込まれている間に、次期公爵である兄はレヴィと鍛錬をしていたらしい。

――見たかったわ！

二人だけでずるいと、オリヴィアは頬《ほお》を膨《ふく》らませる。

「女の子が鍛錬を見ても、つまらないだろう？」

「そんなことありません。お兄様とレヴィの鍛錬なら、見ていたいです」

「そう？」

オリヴィアが力強く頷くと、クロードは嬉しそうに微笑んだ。

鼻血が出るのですぐ貧血《ひんけつ》になり、あまり体が丈夫ではなさそうなオリヴィアには、できればお転婆《てんば》になってほしくない……そんな風に思いクロードは話題を替える。

「それにしても、ヴィーは手広く勉強をしているね……」

クロードの目に留まったのは、本棚《ほんだな》の本だ。

難しい本がずらりと並び、クロードでも難しい分野の本がある。オリヴィアには、そこまでの学は必要ないようにも思う。

「ああ……レヴィが……」

「レヴィが？」

またあの執事かと、クロードは苦笑《くしょう》する。

「わたくしは追ほ……ではなく、ええと、いろいろな国に旅行へ行きたいと思っていて。そのためには知識があった方がいいから、と」

「なるほど。確かにヴィーはラピスラズリにも行ったことがあったし、旅行に興味を持っていたね」

クロードは以前オリヴィアとレヴィがラピスラズリ王国へ行ったときのことを思い出したようだ。

「確かに旅行となると連れていける人数は限られるから、知識があるにこしたことはない……か」

「大袈裟《おおげさ》だとは思うのですが、何があるかわかりませんもの」

「そうだね」

この世界では、緊急《きんきゅう》事態が起きても現代のように電話やメールで簡単に連絡《れんらく》を取れるわけではない。魔法《まほう》を使えば可能ではあるが、難しいので使い手は限られている。

そのため遠出というのはとても心配をかけてしまう。

知識があれば問題があった際に解決することができ、生存率も上がる。

本当は女公爵になるための知識だというのに、旅や追放後の生活にも大いに役立ってしまうというわけなのだ。

「でも、あまり無理をしすぎて体調を崩《くず》さないよう気をつけるんだよ？　せっかく旅行のために勉強しても、行けなくなってしまっては意味がないからね」

「はい！」

優しいクロードの言葉に、オリヴィアは微笑む。

クロードはオリヴィアの頭を優しく撫《な》でて、勉強の邪魔《じゃま》をしてはいけないからと、部屋を後にした。

「…………」

オリヴィアは手を振りながら、クロードを見送る。

――お兄様も、次期公爵の座をレヴィに狙《ねら》われているとは思わないでしょうね……。

考えただけでオリヴィアは頭が痛くなりそうだった。

一方その頃、レヴィは──。


「ありがとうございます、レヴィさん！」

「到着《とうちゃく》しましたよ」

レヴィとナッツは、無事にピノ村に到着したところだった。二日ほどかかる日程を、早く帰ってきたいからと一日ちょっとでやってきた。

ナッツは、すごい……とレヴィを見る。その眼差《まなざ》しは、日に日にレヴィへの尊敬が強くなっていっている。


ピノ村。

マリンフォレスト王国の特産である苺作りが盛《さか》んな村で、住民は五百人ほどの規模。村のシンボルである大樹のすぐ横には森があって、山菜採りができる。

活気のある村で、オリヴィアも前から来たいと考えていた場所だ。

「こっちに俺の家があるんだ」

ナッツは駆け足で村の外れにある自宅へ向かった。

そこは木造平屋の小さな家で、裏には大きめの畑と井戸があった。村から外れているのは、家のすぐ裏に畑があったからだろう。

すぐ近くには小高い丘があり、雄大《ゆうだい》な山々を一望することもできる。

――あの辺りにオリヴィアの別荘を建てるのがよさそうですね。

レヴィは脳内でどのようにするか考えていき、一人満足げに頷く。

村の中もナッツの家へ行くまでの間に目を凝《こ》らしてみていたが、住民もよく働いており、治安もいいということがわかった。

レヴィが吟味《ぎんみ》していると、ナッツが「ただいま！」と声をあげた。

「姉ちゃん、帰ったよ！」

「え、随分《ずいぶん》早いじゃな――ナッツ、あんた何したの⁉」

ナッツの姉は出てくるやいなや、レヴィを見て顔を青くした。執事服の男性と一緒にいるなんて、ナッツが何かやらかしたのだと考えたようだ。

「ちが、違うって！　王都に行く途中にフォレスホーンボアに襲われて、助けてもらったんだ！」

「え、そうなの⁉　あんたよく無事で……っ！　よかったぁ……」

姉は泣きそうになりながら、ナッツをぎゅっと抱きしめた。

家の中は、キッチンとリビングが一緒になっていて、さらに奥に部屋が二つほどある間取りになっていた。今でいうところの2LDKだ。

「――お恥《は》ずかしいところをお見せしてしまいすみません。私はナッツの姉のミナです」

レヴィがナッツの家へお邪魔すると、ミナがお茶を用意してくれた。

ピノ村の名物でもある、ストロベリーティーだ。甘い香りのする紅茶は、砂糖より蜂蜜《はちみつ》で飲む方が合う。

「ありがとうございます」

この村のストロベリーティーは初めて口にしたがとても美味しく、オリヴィアのお土産にちょうどよさそうだとレヴィは笑顔になる。

弟思いで働き者のお姉さん、ミナ。

ナッツと同じ薄茶の長い髪は三つ編みにしていて、青の瞳は少したれ目がちだ。年はナッツの三つ上の十八歳。

祖母が亡くなってからは、一家の大黒柱としてナッツの面倒を見ている。

レヴィが事情を説明すると、ミナは改めて深々と頭を下げた。

「弟を助けていただきありがとうございます。しかもこんなにいい服まで……しっかり洗ってお返しいたします！」

ナッツはアリアーデル家で入浴したあと、使用人のシャツをもらって着ている。そこまでいい物ではないのだが、貧しい姉弟からすれば上等な代物《しろもの》だ。

——かなり貧しい暮らしをしているんですね。

だというのに、ミナは比較的《ひかくてき》高級な部類に入るストロベリーティーを出してくれた。売れば家計の足しになると思うのだが……人との縁《えん》を大事にし、礼をきちんとするということがわかっている人物なのだろう。

申し訳ないと思いつつも、レヴィは部屋の中に視線を巡らせた。使い古した道具や家具ばかりで、新しいものは見当たらない。

台所の横に置いてある野菜なども、心もとないようだ。

「……おばあ様が亡くなって、今は姉弟お二人と伺いました。まだ十代のようですし、大変なことも多いのではないですか？」

「お恥ずかしながら……。やっぱりこんにゃく芋は加工するのが難しくて、手を焼いています。ただ、どうしてもおばあちゃんのこんにゃくを捨てきれなくて」

最低限の生活費は苺を育てて稼《かせ》ぎ、あとの時間はこんにゃく芋を育て加工の研究をしているのだとミナが説明してくれた。

苺を育てる畑はナッツたちを心配した村長が格安で貸してくれていて、土の状態なども

いいのだという。現代でいうところの、アルバイトのような感覚に近いだろうか。

「俺もばあちゃんのこんにゃくが好きだからさ。まあ、ちょっとくらいの貧乏《びんぼう》なら大丈夫

だよ。村のみんなもよくしてくれるし」

ナッツも自分の気持ちを告げて笑顔を見せた。

ピノ村はすごく裕福《ゆうふく》というわけではないが、苺やストロベリーティーなどの出荷《しゅっか》で安

定はしているようだ。また村の人たちも祖母が亡くなったナッツたちのことも心配し、声

をかけてくれたり、ときおり食料のお裾分けもしてくれるらしい。

貧しくはありながらも、姉弟で楽しく暮らしているようだ。

——ふむ。二人の考えからすると、私の提案はちょうどよさそうですね。

レヴィはすっと目を細めて、ナッツとミナを見る。すると何かを察したのか、ただレヴ

ィの迫力にすくんでしまったのか、二人は固まった。

「お二人にご相談があります」

「は、はいっ！」

レヴィの言葉に、ナッツとミナは背筋を伸ばす。

「ナッツは私とオリヴィアのやりとりを聞いていたと思いますが、ピノ村の——あの小高い丘の上あたりがいいですね。あそこに別荘を建てたいと考えています」

レヴィが窓越しに指をさしたところを見て、ミナは目を瞬《しばたた》かせる。まさか別荘の提案をされるなんて思ってもみなかったようだ。

「別荘、ですか。村には特に規制などはないので、別荘を建てても問題はないはずです。村長もすぐ許可を出してくれると思いますよ」

「そうですか」

なんの問題もないことを確認し、レヴィは頷く。

「そこでお二人がよければですが、こんにゃく芋を育てるかたわらで構いませんので、別荘の管理人として雇《やと》わせていただきたいのです」

「えぇっ⁉」

レヴィの提案はミナにとって思いがけないものだったようで、驚いて声をあげた。

今、正直に言ってミナたち姉弟に金銭面の余裕はほとんどない。貯金ができていないことも、ミナの心配ごとの一つだった。

「でも、管理なんて難しいこと……俺たちにできるか？」

「あ……」

貴族の別荘の管理ともなれば、やらなければならない仕事は多いはずだ。

苺の世話程度の時間をと言われはしたが、掃除《そうじ》などはもちろんのこと、備品の管理や訪問客の対応など……ほとんど教育を受けていないミナたちには荷が重すぎる。

しかしレヴィは、すぐに首を振った。

「建てる予定の別荘は小さなもので、大勢の人を招くパーティーなどを行う予定はありません。主人がゆっくりと過ごすための場所なので、普段は定期的……そうですね、三日に一度程度掃除をしていただくだけで構いません。主人のプライベートの別荘なので、突然の来客もありません」

なので、本当に掃除関係だけすればいいのだ。

働く時間としては週に二日ほどで、一回の掃除も二人でやれば半日程度で終わる。日程もミナたちの予定に合わせて前後してまったく問題がない。

「かなり自由……なんですね」

「ええ。仕事をしっかりしていただければ、細かい規則を作ったりはしません」

「なるほど」

ミナが真剣な瞳で、レヴィの話を聞く。

「主人が滞在《たいざい》している間に掃除や手伝いなどをしていただける場合は、別途《べっと》お給料をお支《し》払《はら》いいたします」

道具はもちろん、仕事着なども用意するので、身一つあれば問題なく仕事ができる。

レヴィが管理する際の給金と、オリヴィアが滞在する際の手伝いの給金の概算《がいさん》を計算して示して見せた。

「えっ、こんなにいただけるんですか⁉」

「うわ……、すごい……！」

ミナとナッツが驚いて、目を見開いた。

「これなら、苺畑はしないでこんにゃくに専念しても貯金ができる！」

「ああ」

自由にできる時間も今までより増えて、いいこと尽《ず》くめだと喜んでいる。

貴族の使用人は、給金もいい。最低限の生活費を稼ぐために苺を育てるよりも、ずっとずっと割がいいだろう。

二人にとって、レヴィからの申し出は本当にありがたい話なのだ。

ミナとナッツはお互《たが》いに顔を見合わせて、すぐに頷いた。

「私たちでよければ、喜んで」

「ぜひ、やらせてください‼」

重なったナッツとミナの返事を聞き、レヴィは「よろしくお願いします」と微笑んだ。

――さあ、オリヴィアのための別荘を建てよう。

　ナッツたちとの出会いから数週間が経《た》ち、オリヴィアの前世の知識などもあったことにより、手探《てさぐ》りではあるがこんにゃく芋《いも》の加工の方法がわかってきた。

　レヴィは時折ピノ村に足を運び、同時進行で別荘《べっそう》の建築も進めている。

　こんにゃくを食べられるまであと少し！　と期待が膨《ふく》らむ中、オリヴィアは夜会の予定があるためレヴィと一緒《いっしょ》に準備をしていた。

　オリヴィアの自室で、今日はお針子を招いてドレスの調整が行われている。

「きついところなどはございませんか？」

「大丈夫《だいじょうぶ》よ」

　お針子の言葉に、オリヴィアは頷《うなず》く。

　もう十七歳なので、いつもより少し大人びたデザインのドレスを仕立てている最中だ。

　ダークレッドの色合いに、薔薇《ばら》と蝶々《ちょうちょう》をモチーフにした黒のレース。シンプルなデザインだけれど、その上品さはすぐにわかる。

――悪役令嬢《れいじょう》に相応《ふさわ》しいドレスだわ！

「ねえ、どうかしら？」

「女神《めがみ》のようで、とても素敵《すてき》です。オリヴィアは何を着ても似合いますが、やはりドレス姿が一番です。凛《りん》とした美しさはもちろんですが、その――」

「わかった、わかったわ‼」

控《ひか》えていたレヴィに問いかけるが止まらなくなりそうだったので、すぐにストップをかける。とりあえず、このドレスで問題はなさそうだ。

「それじゃあ、大きな変更《へんこう》はないから仕上げまでお願いするわ」

「はい。かしこまりました」

レヴィが紅茶の用意をしている間にドレスを着替《きか》え、オリヴィアは一息ついた。

オリヴィアがソファで落ち着くと、レヴィが「そういえば」と夜会のことを口にする。

「アイシラ様は来られるのでしょうか？　かなり大変だったそうですけれど……」

「そういえばそうね……でも、アイシラ様に参加していただかないと、わたくしの悪役令嬢としての役目がなくなってしまうわ」

これはいけないと、オリヴィアは頭を抱《かか》える。

というのも、アイシラがメイン攻略《こうりゃく》対象キャラクターのアクアスティードとイベントを起こしたのだ。

オリヴィアの元婚約者《こんやくしゃ》であり、メイン攻略対象キャラクターのアクアスティード・マリンフォレスト。

隣国《りんごく》ラピスラズリの侯爵《こうしゃく》令嬢ティアラローズ・ラピス・クラメンティールを婚約者として連れて帰って来たまでは……まあ、問題はなかった。

シナリオ的には問題ありだったが、アイシラの周囲はまだ平和だった。

ただ、アイシラがアクアスティードルートに進んでしまったということを除いて。

「アクアスティード殿下《でんか》とティアラローズ様の結婚式《けっこんしき》ではイベントを起こそうとして、失敗したのよね」

「ああ、二人の結婚式を止めて自分が相手役になるという恐《おそ》ろしいイベントですか」

「そうよ」

ゲームでは「ドラマチック！」なんて言う人もいたけれど、普通《ふつう》に花嫁《はなよめ》が可哀相《かわいそう》だという声も多かった、なんともいえないイベントだ。

そうして幸せに結婚したアクアスティードとティアラローズだったけれど……さらにゲ

ームのイベントが起きてしまった。

アイシラがアクアスティードに惚《ほ》れ薬《ぐすり》を飲ませる、というものだ。

「妖精王《ようせい》が絡《から》んでいるということもあり、公《おおやけ》にできず内々に処理が行われた……ということでしたね」

さも当然のように内々に処理された情報を知っているレヴィにオリヴィアは真顔になる。

ただこちらとしてもレヴィの情報網《もう》は大変ありがたいので、追及《ついきゅう》はしない。

「……ええ。それに、ゲームの惚れ薬だから効果もそこまで強くない……」

というか、気合があれば解ける。

王族の醜聞《しゅうぶん》にもなってしまうし、そこまでことを大事にしたくなかったということもあるだろう。

――ということがあったばかりなので、アイシラは最近ふさぎ込んでいるらしいのだ。

「うーん、困ったわね……」

オリヴィアは顎《あご》に手を当てて推理モードに入る。

アクアスティードルートが不可能になってしまったので、アイシラがいったいどのルートに行くのか考えているのだ。

残る攻略対象キャラクターは、四人。

アクアスティードの側近エリオット、森の妖精王キース、執事《しつじ》のカイル。そして隠《かく》し攻略キャラクターの空の妖精王クレイル。

「ふむ……」

なかなか癖《くせ》の強いキャラクターばかりだ。

アクアスティードの側近エリオットは、今回の件もありアイシラにいい印象はないだろう。さらにレヴィの調査によると、ティアラローズの侍女《じじょ》フィリーネと仲が良いらしい。

――わざわざ恋《こい》が育っているのを邪魔《じゃま》する必要はないわね。

森の妖精王キースは、ティアラローズのことをかなり気に入っているらしい。

――となると、いろいろやらかしてしまったアイシラ様は嫌《きら》われている可能性があるわね……。

クレイルは、パールと仲良くなると攻略できるようになる。

――海の秘薬……惚れ薬が上手《うま》くいかなかったこともあって、パール様のアイシラ様の印象は悪いでしょうね。

そうなるとやはりクレイルも難しい。

「……カイルが一番じゃないかしら」

「アイシラ様の執事ですね」

「ええ」

消去法で残ったのがカイル、というわけでは断じてない。オリヴィアは以前から、アイシラとカイルはお似合いなのでは？　と、考えていたのだ。

アイシラは前々からカイルのことを気にかけていて、お茶の淹《い》れ方をレヴィに教えてほしいとオリヴィアに頼《たの》んできたこともあるのだ。普通、自分の執事のために公爵《こうしゃく》令嬢の執事を教師役に頼むことはしない。

アイシラにとってよほどオリヴィアが気さくな友人か、カイルを大切にしていなければ無理だろう。

かなりおっちょこちょいではあるが、カイルも同じくらいアイシラのことを大切に思っているのはよくわかる。

——これは一度、探りを入れてみてもいいかもしれないわね。

オリヴィアはにやりと微笑《ほほえ》む。

そんなオリヴィアを見たレヴィは、悪役なのか恋のキューピッドなのかわかりませんねと苦笑《くしょう》する。

「おや？」

「どうしたの、レヴィ。窓の外に何か——あら？」

とある人物の姿が視界に入り、オリヴィアとレヴィは顔を見合わせた。

緊張《きんちょう》した面持《おもも》ちでソファに座り、膝《ひざ》に置いた手をぎゅっと握《にぎ》りしめ、まるで捨てられた子犬のような瞳《ひとみ》でこちらを見ている。

——わんこの耳と尻尾《しっぽ》が見えるわ。（妄想《もうそう》で）

オリヴィアが鼻血を耐《た》えながらそんなことを考えていると、向かいに座っているカイルが口を開いた。

「すみません、突然《とつぜん》お邪魔してしまって」

「んんっ、声が可愛《かわい》いっ！」

カイルが声を発した瞬間《しゅんかん》、レヴィがオリヴィアの鼻に目にもとまらぬ速さでハンカチを当て、さらに扇《おうぎ》を手渡《てわた》してきた。

この扇はオリヴィアのお気に入りで、顔を隠していると鼻血の処理を相手に見られなくてすむという素晴《すば》らしいアイテムなのだ。

カイルは不思議そうな顔でオリヴィアとレヴィを見つつ、落ち着くために紅茶を口にして——咳《せ》き込《こ》んだ。

「えほっ、うう、なんですかこれ……甘い……」

「スプーンで五杯《はい》も砂糖を入れていましたから、甘いのは当然です」

「えぇっ⁉」

レヴィの言葉を聞いて、カイルはまじまじと自分のティーカップとシュガーポットを見ている。

あまりにも緊張し、無意識のうちに入れすぎてしまったのだろう。オリヴィアはカインのそんな可愛いところにも、大興奮していた。


砂糖を入れすぎるのはもはや鉄板なドジっ子属性を持つ執事、カイル。

金髪碧眼《きんぱつへきがん》の優《やさ》しい印象の青年で、オリヴィアより一つ上の十八歳だ。長い髪《かみ》は後ろで一つに結んでいる。

黒の執事服をぴしっと着こなしている姿だけを見ると、麗《うるわ》しの執事……といったところだろうか。


「実は……アイシラ様のことで相談に伺《うかが》ったんです」

カイルの言葉は、オリヴィアが予想していた通りのものだった。

「その、詳《くわ》しい事情はお話しできないのですが……アイシラ様の元気がなくて。オリヴィア様とは仲が良かったので、お差し支えなければアイシラ様の話し相手になっていただけないか……と」

なんと説明すればいいか困りながらも、カイルが事情を伝えてくれた。

――わたくしに相談しなきゃならないほど、追《お》い詰《つ》められているのかしら。

オリヴィアがアイシラと仲良くしていたのは、ゲームが始まる前のこと。ゲームが始まっている今は、悪役令嬢としてアイシラにきつくあたっている。

執事のカイルがそれを知らないとは思えない。

さて、どうするのが正解だろうか。――なんて考えつつも、オリヴィアの心は決まっている。

――アイシラ様を助けてあげたい‼

表向きは悪役令嬢としてアイシラをいじめなければならないけれど、察知されないようにそっと陰《かげ》から助けてあげるのはいいと思うのだ。いや、いいに決まっている。

オリヴィアはカイルに笑顔《えがお》を見せた。

「もちろん、わたくしでよければ喜んで」

「オリヴィア様……」

快諾《かいだく》したオリヴィアに、カイルは嬉《うれ》し涙《なみだ》を流す。それをそっとハンカチで拭《ぬぐ》いながら、礼を口にする。

「ありがとうございます。私ではアイシラ様の相談を聞くこともできず、ただお側《そば》にいるだけが精いっぱいで……」

「そんなことないわ、カイル。アイシラ様があなたを側にいさせてくれたことの意味を、きちんと考えなさい」

「え……」

カイルは目を瞬《しばた》かせて、視線をさまよわせる。オリヴィアの言葉の意味を、アイシラが側にいさせてくれた意味を考えているのだろう。

もちろん、アイシラが何も考えていない……ということだってあるかもしれない。けれど、それは無意識の恋の始まりだと……わずかに頰《ほお》の染まったカイルを見て、オリヴィアはそう思うのだ。

後日訪問する約束をし、オリヴィアはカイルを見送った。

「いやぁ、いい仕事をしたわ！」

「本日は鉄分の多い料理にいたします」

「ありがとう、レヴィ」

レヴィが料理長にメニューの変更を伝えに行くと、オリヴィアは鼻歌を口ずさむ。アイシラと会うのが楽しみなのだ。

「ふんふんふふ〜ん♪」

本日の曲はゲーム中のBGM、『マリンフォレストの海岸にて』をお送りしている。

「ふふ〜ん……ん？　でもわたくし、悪役令嬢なのにどうやってアイシラ様を励《はげ》ませばいいのかしら⁉」

肝心《かんじん》なところが抜《ぬ》けていた！　と、オリヴィアの顔がムンクの『叫《さけ》び』のようになる。

口では悪口ばかりなので、態度で示す？

あなた本当に可愛くないわねと言いながら大量のプレゼントを送るというのはどうだろうか？　怪《あや》しさ爆発《ばくはつ》である。

「う〜ん、どうしたものかしら」

オリヴィアが腕《うで》を組んで悩《なや》んでいると、戻《もど》ってきたレヴィが「どうしたんですか？」と首を傾《かし》げつつ紅茶を用意してくれた。

「それが……どうやってカイルの期待に応《こた》えたらいいかわからないの」

「ふむ……」

レヴィは焼《や》き菓子《がし》と見せかけてレバーを出しながら、「励ます練習はどうでしょう？」という提案をしてきた。

「なるほど、練習！　いいかもしれないわね！」

オリヴィアが乗り気になったので、レヴィがさっそくアイシラのモノマネを始めた。

「くすんくすん、わたくしは駄目《だめ》な令嬢なのですわ」

「――!!」

しとやかな泣きまねをするレヴィに、思わず衝撃《しょうげき》を受ける。なんだか新鮮《しんせん》だ。しかし動揺《どうよう》している場合ではなく、今はアイシラレヴィを慰《なぐさ》めなければいけない。

「ええと、アイシラ様。誰《だれ》にでも失敗はつきもの……いいえ、失敗してこそ経験が増え、人生が豊かになっていくのですわ！　くよくよせずに、前を向いて次のために歩きだせばいいのです……！」

なかなかよい言葉をかけられたのではないか？　と、オリヴィアは得意げになる。しかしレヴィの顔には、そうじゃないと書かれている。

「あら……どこか駄目だったかしら？」

「駄目ではありませんが、オリヴィアは悪役令嬢を演じるのですよね？」

「そうだったわ！」

ガチで慰めてはいけないのだった。ついつい元気づけてあげたくて、一生懸命《いっしょうけんめい》励ましの言葉を送ってしまった……。

「くすん。アクアスティード殿下に酷《ひど》いことをしてしまいました……」

どうやらテイク2があるようだ。

オリヴィアは再び気を取り直して、よよよと泣くレヴィになんて声をかけるのがいいだろうと考え、慎重《しんちょう》に口を開く。

「――まったく、アクアスティード殿下に迷惑《めいわく》をかけるなんて信じられないわ！ あなたではティアラローズ様の足元にも及《およ》ばないのだから、わたくしが持参したお菓子でも食べて元気になればいいのよ！」

「…………」

――何か違《ちが》うわ。

貶《けな》すとみせかけて餌付《えづ》けをしてしまった。

「いったいどう言えばいいのかしら……。でも、落ち込んでいるアイシラ様をこれ以上傷つけるわけにはいかないし……」

このミッション、難易度が高すぎる。

「大丈夫？ 誰も気にしていない？ 図々《ずうずう》しい？ 浅はかな女ね！ とか？ でも、あまりしっくりこないわね」

オリヴィアがアクアスティードと婚約《こんやく》した状態だったのなら、「この泥棒猫《どろぼうねこ》め！」とでも言ってやれるのだが……。

オリヴィアがうんうん頭を抱えていると、レヴィがアドバイスをしてくれた。

「ただ話を聞いていればいいのではないですか？」

「聞いているだけ……？」

「はい。悩みを始め、何かを抱えているときは頭の整理も兼《か》ねて誰かに話してしまいたいものだ……と、聞いたことがあります。かくいう私も、使用人の休憩室《きゅうけいしつ》で話を聞くことがたまにありますが、聞《き》き上手《じょうず》だと褒《ほ》められますよ」

おもに相槌《あいづち》しかしていないけれど。

ただ逆を言えば、話す相手からしてみればその程度の反応でいいのだ。話題がオリヴィアの幼少期の話になるとレヴィはめちゃくちゃ食いつくが。

「なるほど……確かに、話したいという欲求はとてもよくわかるわ！」

かくいうオリヴィアも、乙女《おとめ》ゲーム『ラピスラズリの指輪』に関する独り言をしまくっていた過去を持つ。

それを聞いたレヴィがゲームのことをすべて把握《はあく》してしまったのだから、その重症《じゅうしょう》度は言わなくてもわかるだろう。

「推《お》しへの愛を語りたい気持ちと似ているかもしれないわね」

それなら上手くいきそうだと、オリヴィアは拳《こぶし》を握りしめた。

そして数日後——。

オリヴィアとレヴィはアイシラに会うためパールラント家にやってきた。
初夏の風が心地《ここち》よい庭園には海水の噴水《ふんすい》があり、その水が川のように巡《めぐ》らされている。魚が泳ぐ美しい光景は、何度見てもうっとりしてしまう。

すぐにカイルが出迎《でむか》えてくれたのだが、その表情がなぜか暗かった。

「本日はお越《こ》しいただきありがとうございます。心よりお待ちしておりました。オリヴィア様、レヴィさん……」

「ごきげんよう。……その割には沈《しず》んでいるように見えるのだけれど、どうしたの？」

もしやアイシラの症状《しょうじょう》が悪化してしまったのだろうかと心配したオリヴィアだが、カイルは首を振《ふ》る。

「それが、アイシラ様はオリヴィア様にもお会いにならないとおっしゃって……」

「あら……」

「ふさぎ込んではいるものの、海の管理だけは気合で行っている状態です。食事の量が減ってしまったので、いつ倒《たお》れるか心配で……」

今のアイシラは、ただただ海の管理をして過ごしているようだ。

「私、どうしたらいいのか……。アイシラ様の執事だというのに、何もしてあげることができません」

泣き出してしまいそうなカイルに、オリヴィアは「大丈夫よ」と胸を張る。

——こんな時に悪役令嬢力を発揮《はっき》しなくてどうするの！

「わたくしはオリヴィア・アリアーデルよ！　アイシラ様の返事なんて、聞いちゃいないわ。行くわよ、レヴィ！」

「はい、オリヴィア」

「え、えっ⁉」

勝手に押し入ってこその悪役令嬢だと言わんばかりに、オリヴィアは屋敷《やしき》の中に入っていく。後ろには戸惑《とまど》いつつもカイルがついてきているので、ほかの使用人に咎《とが》められるようなこともないだろう。

というか、パールラント家の人間はオリヴィアのことを知っている。

主に、アイシラをいじめた悪役令嬢として——だけれど。

それでもどこか縋《すが》るような目を向けてくる使用人もいるのだから、悪役令嬢のオリヴィアにでも頼《たよ》りたいほどアイシラのことを心配しているのだろう。

アイシラの部屋の前に到着《とうちゃく》すると、オリヴィアはなんの予告もせずに扉《とびら》を開けた。

「お邪魔するわ、アイシラ様！」

ババーンと立ちはだかるオリヴィアを見て、部屋の隅《すみ》でいじけていたアイシラが目をぱちくりさせた。

さすがにアイシラに無許可で押し入ってくるとは思わなかったのだろう。

「オリヴィア様……」

「お久しぶりね、アイシラ様」

「……はい」

驚《おどろ》いて顔を上げたのも一瞬《いっしゅん》で、アイシラはすぐに俯《うつむ》いてしまった。

部屋の隅で膝を抱えて体育座りをしている令嬢、アイシラ・パールラント。

海の妖精に祝福された、この乙女ゲームの続編のヒロインでもある。

肩《かた》の辺りで切り揃《そろ》えられた淡《あわ》い水色の髪と、おっとりしたオレンジの瞳。普段《ふだん》から大人しいが、公爵家《こうしゃくけ》の娘《むすめ》として芯《しん》の強い部分も垣間見《かいまみ》えるのだが——今は力なく項垂《うなだ》れ、そんな様子は微塵《みじん》もない。

黙《だま》ったまま言葉を発しないアイシラを見て、これでは話を聞くこともできないとオリヴィアは小さくため息をつく。

「公爵家の令嬢ともあろう者が、ろくに挨拶《あいさつ》もできないの？　まったく、どういう教育を受けているのかしら」

オリヴィアが「嫌《いや》だわ」とため息をつくように言うと、アイシラが生気のない顔をしつつも立ち上がって淑女《しゅくじょ》の礼をしてみせた。

「失礼、いたしました。ですが本日は体調がすぐれませんので、お引き取りいただきたいのですが……」

申し訳なさそうにアイシラが告げるが、オリヴィアはあきらめるつもりは毛頭ない。無遠慮《ぶえんりょ》に言葉を続ける。

「アイシラ様、アクアスティード殿下にとんでもないことをしてしまったんですってね？」

「……っ！」

オリヴィアの言葉に、アイシラの肩がびくりと揺《ゆ》れる。

――ああもう、見ていられないわ！

アイシラは謝罪し、一応処罰《しょばつ》だって受けているのだ。そこまで卑屈《ひくつ》にならなくてもいい。

そう思うのだが、それはアイシラの矜持《きょうじ》が許さないのだろう。

──惚れ薬を、好きな人に飲ませてしまったんですものね。

自分のことを卑《いや》しい人間だと、そう思ってしまったことだろう。

「アクアスティード殿下に媚薬《びやく》を飲ませて押し倒し、既成《きせい》事実を作ろうとしたと──」

「そんなことはしていません!!」

アイシラは俯いていた顔をものすごい勢いで上げて、即座《そくざ》に否定した。

「な、なな、な……なんてことを言うんですかオリヴィア様!!」

「あら、違ったかしら」

「全然違います!!」

好きな人に惚れ薬を飲ますのと媚薬を飲ますのでは天と地ほども違う。それではただのいかがわしい物語だ。

涙目になっているアイシラを見て、オリヴィアはくすりと笑う。

「ふふっ、怒鳴《どな》る元気はあるんじゃない」

「あ……っ」

オリヴィアの言葉に、アイシラはハッとする。

自分がずっとふさぎ込んでいて、カイルを始め多くの使用人に心配をかけていることを思い出したのだろう。

――アイシラ様は根が良い子だから、悩みすぎちゃうのよね。

しかしそんな純真無垢《むく》なところも可愛くて、いくらでも推せる。はあぁぁ尊《とうと》いと、今この場でアイシラの良さを世界中に叫びたい。

はぁはぁしているオリヴィアと、座り込んだまま泣きそうになっているアイシラ。このままでは収拾がつかなくなりそうだと、レヴィが声をかける。

「ひとまずお茶にしてはいかがですか？　ちょうど準備も整ったみたいですから」

「……失礼いたします。紅茶とサンドイッチをご用意させていただきました」

「カイル……。オリヴィア様に、レヴィも……ありがとうございます」

アイシラは瞬《まばた》きとともに大粒《おおつぶ》の涙をこぼし、深く深呼吸をしてから立ち上がった。その目にはもう、涙は浮《う》かんでいなかった。


オリヴィアとアイシラが席に着くと、カイルが紅茶を淹れてくれる。

甘い香りが鼻をくすぐり、すぐにストロベリーティーだということがわかった。レヴィがピノ村に行った際に購入《こうにゅう》したものをお土産《みやげ》に持ってきたのだ。

「いい香りですね」

「ピノ村のストロベリーティーよ。飲めば気持ちも落ち着くと思うわ」

「はい」

アイシラがゆっくり口をつけ、ほうと息をついた。

「甘くて、美味《おい》しい」

だいぶ気持ちが落ち着いたらしいアイシラは、ふさぎ込んでいた理由を話してくれた。

「……オリヴィア様はご存じみたいですが、わたくしはアクアスティード殿下に惚れ薬を飲ませてしまいました。王に仕える貴族として、最低の行為《こうい》です」

やはりアイシラは、許されるうんぬんではなく、自分がしてしまったことで後悔《こうかい》に押しつぶされそうになっていたようだ。

いっそ、もっと大きな処罰があればまた違ったのかもしれないが……。

――難しい問題よね。

本来だったら、ドキドキの楽しいイベントとして終わるはずだった。けれど、現実というのは上手くいかないものだ。

――そもそも、選択肢《せんたくし》がないもの。

ゲームとまったく同じように進むということ自体が、不可能なのかもしれない。もちろん、似た道を辿《たど》ることはできるだろうけれど。

――本当はアイシラ様を慰めたい。

けれどオリヴィアは悪役令嬢。アイシラをいじめていじめ抜かなければならない。アイシラはもうアクアスティードルートではないのだから、いじめる必要はないのでは？　と、思うかもしれない。

けれど、オリヴィアはどのルートであっても多少はアイシラにつっかかっていた。もし自分がいじめるのを止《や》めたら、アイシラが幸せになる道がなくなってしまう……そんな可能性もないとは言い切れない。

ゆえにエンディングを迎えるまでは悪役令嬢を演じようと決めているのだ。

エンディングが終わったら土下座で謝罪するから許してと、心の中で付け加えて口を開く。

「薬を使って将来の王妃《おうひ》になろうなんて、信じられないわ」

「……っ！　はい」

「人の心を操《あやつ》ってしまったら、その国はもう終わり。そんなあなたを妻に迎えようとする人も、たとえ公爵家の令嬢と知っていてもいないでしょうね」

「……はい」

オリヴィアがトゲトゲしい辛辣《しんらつ》な言葉を口にしても、アイシラはすべて受け入れるとばかりに頷いている。

——これじゃあ、いじめているみたいだわ！

いや、実際いじめているのだけれど。

「えーと、えと……一生かけて罪を償《つぐな》うべきだわ！　そうね、マリンフォレストの海をずっとこの世界で一番の海にしないといけないわ！」

どう？　すごい罰《ばつ》でしょう？　とばかりにオリヴィアが言うと、アイシラは目を真ん丸に見開いている。

「そう、ですね……。わたくし、結婚せずに一生をこの海に捧《ささ》げます！」

「――え？」

アイシラの想定外の返事に、今度はオリヴィアが目を見開いた。

確かに一生をかけて償うべきだと言ったが、それ以外――結婚をしてはいけないなどとは一言も口にしていない。

――というか、恋愛《れんあい》はしてもらわないと困るわ！

アイシラがエンディングを迎えなければ、悪役令嬢のオリヴィアがどういう結末を迎えるかわからないではないか。

国外に追放されず、かといって修道院にも入らず、誰とも結婚もせずに……ぼけーっと公爵令嬢のまま生きるはめになったら大変だ。

それこそ聖地巡礼《じゅんれい》もできず、レヴィの手によって気づいたら女公爵にされてしまいそうではないか。

「アイシラ様、待って。それはよくな――」

「わたくし、オリヴィア様のおかげで自分のすべきことがわかりました！　ありがとうございます」

アイシラは先ほどの沈んでいた様子とは打って変わり、とても晴れやかな顔をしている。

オリヴィアは嫌みのつもりだったが、アイシラにとっては一歩を踏《ふ》み出《だ》すきっかけの言葉になってしまったらしい。

――え、どうしよう。

このままではよろしくない。

さりげなくカイルといい感じにしようとしていた作戦が、ガラガラと音を立てて崩《くず》れ去っていく。

――これではいけないわ。

「一生を海に捧げるなんて、短絡《たんらく》思考もいいところだわ‼」

「えっ」

突然手のひらくるーをしたオリヴィアに、アイシラは声をあげて驚く。

――驚いた声もとっても可愛いわ‼

さすがヒロイン、この世界では可愛さナンバー1だ。

「あなたが結婚もせず、一生を海に捧げたら……お優しいアクアスティード殿下とティアラローズ様はどう思うかしら」

「――！　お二人はお優しいから……でも、そんな……酷いことをしたわたくしのことなんて……でも」

もしかしたら、アイシラの行動を気にしてしまうかもしれない。

あの事件のせいで結婚もできず、さらには代々続いたパールラント家も衰退《すいたい》してしまい……結果、アイシラの代で海の管理者がいなくなってしまうかもしれない。

すべて推測にすぎないけれど、アクアスティードもティアラローズも人格者なので今後もアイシラのことを気遣《きづか》ってくれるだろう。

そのことに気づき、アイシラは震《ふる》える。

「なら、わたくしはどうしたら――あ！　でしたら、マリンフォレストの利益になる殿方《とのがた》と結婚します。そうすれば、子どもに海の管理をさせることもでき――」

「アイシラ様」

喋《しゃべ》るアイシラを遮《さえぎ》るように、オリヴィアが名前を呼んだ。

「……すみません。わたくし、自分で何も考えていませんでしたね」

そう言ったアイシラは、残っているストロベリーティーを一気に飲み干した。

「オリヴィア様は、わたくしに喝《かつ》を入れに来てくださったんですね。……実は最近、オリヴィア様に嫌われてしまったのではないかと不安だったんです」

「………」

アイシラはまるで安心しましたとでも言うように、笑顔を見せる。

——わたくし、嫌みを言いまくったわよね？

てっきり完璧《かんぺき》に嫌われていると思っていたのだが……そうでもなかったらしい。やはりヒロインだけあって、天使だ。

「事件のあと、こうしてわたくしに声をかけてくださったのはオリヴィア様だけです」

「——！　そう……でしたの」

アイシラには、仲良くしている令嬢が何人かいたはずだ。

オリヴィアとも交流のあった令嬢だが、アクアスティードとの婚約破棄《はき》後はあからさまに避《さ》けられたことを思い出す。

——そういえば、あのときわたくしを避けなかったのはアイシラ様だけだったわ。

「アイシラ様は、まるで天使ね」

息をするのと同じくらい自然に、うっかりアイシラを賛辞する言葉が口から出てしまった。さすがのアイシラも、きょとんとしている。

「えっと……それはどちらかというと、オリヴィア様では？」

——はい、天使。

オリヴィアは念のためハンカチで鼻を押さえ、そんなことはないとばかりに首を振る。

「アイシラ様は覚えていないかもしれませんが、わたくしが婚約破棄をした際も似たようなことがありましたから……少し思い出してしまったのですわ」

「あ……」

ハッとして、アイシラは口元を手で覆《おお》う。

「そうでしたね。わたくし、配慮《はいりょ》が足りず申し訳ありません……」

「いいえ。アイシラ様は誰にでも優しく、常に周囲を気遣っているわ」

「オリヴィア様……」

アイシラは手を組んで、涙目になりつつ視線をこちらに向けてきた。鞭《むち》からの飴《あめ》を与《あた》えられ、オリヴィアに心酔《しんすい》してしまったのかもしれない。

結果的に、アイシラとのお茶会はほんわかしたムードになったので——とりあえずカイルからの相談はクリアできたのでよしとしようか。

深刻な話が終わって気が抜けたからか、きゅるる〜という音が室内に響《ひび》いた。

「……!?」

オリヴィアが一体なんの音だろうと周囲を見ようとして——目の前に座るアイシラが顔を赤くして俯いているのに気づく。

——え、アイシラ様のお腹《なか》の音？　はあぁっ、ヒロインはお腹が鳴る音も可愛いって

本当なのね！（オリヴィア調べ）

あまり食事をしていなかったせいで、アイシラはお腹が空《す》いていたらしい。

——あ、だからカイルは紅茶と一緒にサンドイッチを持ってきたのね。

オリヴィアは恥《は》ずかしがるアイシラに微笑んで、サンドイッチを手に取る。

「わたくしもお腹が空いてしまったわ。……カイル、これじゃあ足りないからもっと持ってきてちょうだい」

「は、はいっ！」

命じられたにもかかわらず、カイルはぱあぁぁっと笑顔になってすぐ頷き、部屋を飛び出していった。

廊下《ろうか》から「わあぁっ⁉」と躓《つまず》いたような声がしたので、安定のドジっ子ぶりも発揮しているのだろう。

——見たかったわ……。

ひとまずアイシラを励ますことには成功したので、オリヴィアは肩の荷《に》が下りた。そう思うと、こちらもお腹が空いてくる。目の前のサンドイッチをもう一ついただく。

……もぐもぐ。カイルが用意したと思うと、百倍美味しい。

——次の問題は、アイシラ様とカイルをどうやってくっつけるか……ね。

カイルが軽食をアイシラに「あーん」してあげてみてはどうか？　なんて考えたが、さすがに恋人《こいびと》同士でもない上に、主人と執事では無理だ。

何かいい案はないだろうかという期待を込《こ》めて、オリヴィアはレヴィに視線を送る。すると、すぐに笑顔で頷いた。

「オリヴィア」

「なあに、レヴィ」

「アイシラ様を、別荘にお誘《さそ》いしてはいかがですか？」

「別荘へ……」

オリヴィアは全く考えてもいなかった案なので、なるほどと頷く。

レヴィが言っているのは、現在ピノ村に建設中の別荘のことだ。できあがったらナッツ姉弟《きょうだい》に管理人をしてもらうことになっている。

――アイシラ様とカイルの二人を別荘に招待すれば……恋が芽吹《めぶ》くかもしれないわ！

なんといいアイデアだろうか。

「さすがわたくしの執事ね、レヴィ！」

「恐れ入ります」

レヴィが恭《うやうや》しく礼をするのを満足げに見て、オリヴィアはアイシラへ向き直る。

「実はわたくし、ピノ村に別荘を建てているの。夏頃《なつごろ》にはできると思うから、ぜひ遊びに来てちょうだい」

「別荘……ですか」

お腹が鳴ってしまったアイシラは、顔を赤くしてサンドイッチを少しずつ食べていた。

リスみたいで、とても可愛い。

オリヴィアは戸惑うアイシラをどうすれば悪役令嬢っぽく誘えるだろうかと考えて、口を開く。

「まあ、わたくしからの慈悲《じひ》だと思ってちょうだい」

オリヴィアがそう言うと、アイシラはきょとんとしたあと、小さく笑った。どうやら、かなり元気を取り戻したみたいだ。

「……ぜひ、伺わせていただきますね。わたくし、とても楽しみです。ありがとうございます、オリヴィア様」

「ええ……」

はしゃぐアイシラに、せめて最後は悪役令嬢っぽい台詞《せりふ》でしめねば！　と、精一杯《せいいっぱい》のどや顔をして見せたのだが……アイシラはなぜか笑った。

——めちゃくちゃ悪役令嬢っぽいと思ったのに……。

オリヴィアのヒロインいじめは、上手くいきそうにない——☆

アイシラとのお茶会を終えたオリヴィアは、帰宅後さっそく作戦会議を開始した。

「さて……。アイシラ様を別荘に招待したからには、生ぬるい真似《まね》はできないわ」

テーブルに肘《ひじ》をつき、オリヴィアは計画書を見た。そこには工事の日程や家具の搬入《はんにゅう》スケジュールなどが書いてある。

「どういたしますか？」

レヴィの問いかけに、オリヴィアは静かに「そうね……」と思案する。

「まず、別荘近くの森を使います」

「森……ですか？」

「ええ。できるかしら」

「もちろんです」

オリヴィアがしようとしていること、それは——肝試《きもだめ》しだ。やはり夏のイベントで、恋のドキドキが起きるものといったらこれしかない。

そのために必要なものは、肝試しコースだ。

お化けや驚かすための仕掛《しか》けを用意して、偶然《ぐうぜん》くじで同じグループになったアイシラとカイルを急接近させるのだ。

普段はドジっ子のカイルも、きっとこんなときばかりは格好良くアイシラをリードしてくれるはずだ。きっと。

「――という感じに、肝試しをやりたいの。準備できるかしら？」

「お任せください、オリヴィア」

「ありがとう」

にこやかに即答《そくとう》するレヴィを見て、オリヴィアはこの執事は本当にＮＯと言わないなと思ってしまう。

――いや、知っているけど！　優秀《ゆうしゅう》すぎるわ。

「わたくし、このままだとどんどん我《わ》が儘《まま》になってしまいそうだわ……」

そう言いながらレヴィを見ると、きょとんとされた。

――何その顔……可愛いわ。

そしてレヴィはくすりと微笑んで、「どうぞ」と口にする。

「自堕落《じだらく》になってしまうわ」

好きなだけ惰眠《だみん》をむさぼり、ほしいものはなんでも買って、嫌いな人間は解雇《かいこ》して――

まさに悪役令嬢だ。

「そうなったら、大変でしょう？」

「……ですが、オリヴィアはそんな風にはなりません」

「どうして？」

人間、何があるかわからない。

先ほどのアイシラのように、突然オリヴィアが塞《ふさ》ぎ込むようなことだってあるかもしれない。

「そうなったら、聖地巡礼ができませんから」

「…………………確かにそうね」

レヴィのもっともな答えに、オリヴィアはくすりと笑う。

自分が自堕落になったら、聖地巡礼のことしか考えられなくなるだろう。けれど、聖地巡礼をするためにはお金やこの世界の知識など、必要なことはたくさんある。

小さな頃からコツコツ貯《た》めている推しに貢《みつ》ぐための貯金だって止めたくはない。姿絵などを買って使ってはいるけれど、将来的にはどどんと使いたい。

レヴィの言う通り、自分が自堕落になるのは無理そうだ。

「ですが……」

「レヴィ？」

ふいに言葉を続けたレヴィに、オリヴィアは視線を送る。少し伏し目《ふしめ》がちなローズレッドの瞳が、なんだか色っぽい。

「たとえオリヴィアが自堕落になったとしても……今まで以上に、何から何まで、私がお世話させていただきます」

「……っ！」

レヴィの言葉に、オリヴィアの顔がぶわっと熱を持った。

今だってかなりお世話されているのに、これ以上になったらいったいあんなことやそんなことまでとオリヴィアは慌《あわ》てる。

「だ、大丈夫よ！　わたくしは淑女だもの！」

絶対に自堕落になってはいけないと、オリヴィアは別の意味でも決意した。

オリヴィアが力を抜いてソファに深く座ると、レヴィがすぐ横に膝をついた。

「失礼いたします」

そう言うと、レヴィはオリヴィアの靴《くつ》を脱《ぬ》がす。そのままストッキングに手をかけ、ゆっくり足をマッサージしていく。

「本日はお出かけになられましたし、足も疲《つか》れているでしょうから」

「……わたくしが何もしなくても、レヴィに自堕落にされてしまうわ」

ゆっくり丁寧《ていねい》にマッサージされるのはとても気持ちがよく、一日の疲れが取れていくかのようだ。

しかも極め付《きわつ》きは、レヴィが用意していた足湯。桶《おけ》にちょうどいい加減のお湯が張られており、足をつけると指先から体が温かくなってくる。

「うぅ、気持ちいいわ！」

まさに贅沢《ぜいたく》の極みだ。

――いつか温泉にも入ってみたいなぁ。

もしかしたら、レヴィなら温泉も掘《ほ》ってくれるかもしれない。なんてことを考えながら、オリヴィアは心地のいい時間を堪能《たんのう》した。

アイシラを別荘《べっそう》に招待することになり、オリヴィアとレヴィは準備に天手古舞《てんてこまい》になっていた。

けれど遠慮《えんりょ》なく、ほかの予定も押し寄せてくる。

今日はアイシラが来ないかもしれないと危惧《きぐ》していた夜会当日だ。

オリヴィアは仕立てたばかりの薔薇《ばら》と蝶々《ちょうちょ》をモチーフにしたドレスに身を包み、兄のクロードのエスコートで入場する。

「……お兄様、本当にわたくしのエスコートでいいのですか？」

「もちろん」

にこやかな兄を見て、オリヴィアは不安になる。

クロードはダークレッドに薔薇と蝶々の刺繍《ししゅう》が入った盛装《せいそう》で、オリヴィアのドレスと対《つい》になっていた。華《はな》やかなリボンタイは、オリヴィアのドレスの差し色と同じ色だ。

容姿端麗《たんれい》で優秀《ゆうしゅう》、さらに公爵家《こうしゃくけ》の嫡男《ちゃくなん》であり――ぶっちゃけて言えばクロードは超《ちょう》が三つもつく優良物件なのだ。

きっとクロードが令嬢《れいじょう》に声をかければ、ハイヨロコンデー！　状態だろう。しかしながら、いつも嫌《いや》な顔一つせずにオリヴィアをエスコートしてくれる。

――一緒《いっしょ》に夜会に行きたい令嬢はいないのかしら？

アイシラのことも心配だが、正直クロードの婚期《こんき》も心配だ。

クロードはもう十九歳なので、この世界では結婚《けっこん》していてもおかしくはない。たとえ結婚していなくても、婚約者《こんやくしゃ》はいてもいいはずだ。

――わたくしの周りは結婚を軽く考えすぎじゃないかしら？

アイシラは国の利益になる人なら誰《だれ》でもいいなんて抜《ぬ》かすし、オリヴィア的にはちょっとおこだ。

――ヒロインが幸せにならないでどうするの！

しかし傍《はた》から見れば、オリヴィアの結婚観が一番心配なのだが……当の本人はそれに気付いていない。

「どうしたの、ヴィー。眉間《みけん》に皺《しわ》が寄っているよ？」

えい、とクロードの人差し指がオリヴィアのおでこをぐりぐりしてきた。

「お兄様にいい人がいらっしゃらないようなので、心配になっているのです！」

「その言葉はそっくりそのまま返そうかな？」

「うぅっ！」

突然《とつぜん》のカウンターパンチにオリヴィアは言葉に詰《つ》まる。

——そういえばわたくしも婚約者がいなかったわ！

かといって婚約者がほしいかといわれたら、否《いな》。この話題はここで止《や》めた方がいいとオリヴィアは口を閉じた。

入場後は主催者《しゅさいしゃ》に挨拶《あいさつ》して、懇意《こんい》にしている貴族に挨拶し、それからやっと落ち着くことができた。

クロードは大人たちの輪に入って歓談《かんだん》しているので、オリヴィアはそっと抜け出してきたのだ。

——アイシラ様はどこかしら？

周囲に視線を巡《めぐ》らせると、壁《かべ》の花になっているアイシラを発見した。

「あら……」

いつもは令嬢たちの中心にいた彼女が、なんということだろうか。

よく見ると、近くにいる数人の令嬢たちがチラチラとアイシラのことを見て何やら談《だん》笑《しょう》しているようだ。

「…………」

——なんだか面白《おもしろ》くないわね。

ヒロインのアイシラをいじめていいのは、悪役令嬢である自分だけだ。というか、自分の特権だ。

——それを、わたくしの取り巻きでもない令嬢がコソコソと！

これは一言物申してやらねば！　と、オリヴィアは令嬢たちのもとへ歩いていく。

「あなたたち、なんだかと〜っても楽しそうな話をしているわね？」

「……っ！」

オリヴィアが声をかけると、話していた五人の令嬢の肩《かた》が揺《ゆ》れた。やはり人に聞かれてはまずい、やましい会話をしていたようだ。

「ご、ごきげんようオリヴィア様」

「お会いできて光栄でございます」

「お久しぶりでございます」

令嬢たちが挨拶してくるのを冷めた目で見つめながら、オリヴィアは「なんの話だったかしら？」と言葉を続けた。

それを聞いた令嬢たちは、ひゅっと息を呑《の》む。

「いいえ、オリヴィア様のお耳に入れるほど楽しい話は……特に。ねえ？」

「え、ええ！　なんてことのない、そう、恋愛話《れんあい》をしていただけで……」

だから決してアイシラのことを貶《おとし》めていたという事実はないと、首を振《ふ》る。そんな彼女たちの言葉に、オリヴィアはなるほどと頷《うなず》く。

令嬢たちはどうしたらいいか困ったのか、「オリヴィア様は……」と口にした。

「どなたかと縁談《えんだん》のお話が進んでいたりはしないのですか？」

「ええ、わたくしたち、とても気になっていたのです」

アイシラの陰口《かげぐち》から、オリヴィアの様子を探《さぐ》ることに切り替えたようだ。噂話《うわさばなし》が好きな彼女たちは、アクアスティードと婚約を解消したオリヴィアの相手も気になっているらしい。

「本日もクロード様とご一緒でしたでしょう？」

「そういえば、クロード様も婚約はされていないですよね」

オリヴィアだけではなく、クロードの婚約も気になっているようだ。

――もしかして、お兄様の婚約者の座を狙《ねら》っているのかしら。

五人の令嬢のうち、二人はまだ婚約が決まっていなかったとオリヴィアは記憶《きおく》している。もちろん候補は上がっているだろうが、あわよくばクロードをと考えているのだろう。

「まったく、とっても楽しいお話ね」

「あ……、すみません。わたくしたちったら、無遠慮に……」

「ですが、社交の華《はな》であるオリヴィア様のお相手は注目の的ですもの。クロード様も、令嬢からとても人気があるのですよ」

少しばかりは許してくださいませと、令嬢が微笑《ほほえ》む。

「人の相手ばかり探るなんて、いい趣味《しゅみ》ね」

「……っ！　オリヴィア様、そのような言い方は――」

「どうせなら、アクアスティード殿下《でんか》とティアラローズ様のお話でもすればいいのに！」

「え？」

「――あ」

思わず本音が出てしまった。

しかしよく考えてみてほしい。

自分が結婚する男性の噂話をされても、正直ちっとも萌《も》えないし楽しくもない。だったら、みんなが楽しい話題の二人の話をすればいいではないか。

「アクアスティード殿下とティアラローズ様ですか……」

オリヴィアの言葉を聞いて、令嬢は思い出したように口を開いた。

「ティアラローズ様はとても慎《つつ》ましやかで、あまりものをねだらないそうですわ。それをアクアスティード殿下がちょっと寂《さび》しく思って――」

「その話、詳《くわ》しく」

「え、あ……ええと、お二人でお買い物をすると、アクアスティード殿下が似合うからとお店ごと買う勢いでプレゼントするらしいですわ！」

――わかる～～～～～～～～!!

オリヴィアはアクアスティードに完全同意した。

可愛《かわい》らしいハニーピンクの髪《かみ》に、憂《うれ》いをおびた聖女のような水色の瞳《ひとみ》。なんでも買ってあげたいと思うのが、人間というものだ。

「想《おも》いあっているお二人というのは、とても素敵《すてき》ね！」

「え、ええ！　オリヴィア様も、そういったお相手を探しているのですか？」

だからなぜ自分の話題に戻《もど》るのかと、オリヴィアは苦虫を噛《か》み潰《つぶ》したような顔になる。が、それは淑女《しゅくじょ》としてよろしくないのですぐに笑顔《えがお》を貼りつけた。

「わたくし、そろそろほかの方にも挨拶してきますわ。みなさま、ごきげんよう」

オリヴィアは軽《かろ》やかに礼をして、そそくさとその場を立ち去る。自分と兄の話題ばかりでは、疲《つか》れてしまう。

――まあ、わたくしも直接話の内容を聞いたわけではないし、釘《くぎ》を刺せたからよしとするしかないわね。

令嬢たちとの話が終わると、ふと視線を感じた。

誰？　そう思い振り返った先には、壁の花状態のアイシラがオリヴィアのことを見ていた。どうやら、オリヴィアが令嬢たちの輪に加わったことが気になったようだ。

オリヴィアが令嬢たちから離《はな》れてアイシラの下へ向かうと、ほっとした表情になった。

「オリヴィア様！」

「ごきげんよう、アイシラ様」

——嬉《うれ》しそうな笑顔、とっても可愛いわ！

しかしその顔は、すぐに曇《くも》ってしまった。そして言いづらそうにしながら、アイシラはこちらをじっと見つめてきた。

「？　どうかしまして？」

「あ……っ、その、ええと……何を話していたか、気になってしまって」

もしかしたらオリヴィアも交じって自分のことを話しているのでは？　と、不安になってしまったのかもしれない。

けれど、そんな話はしていない。

「わたくしは聞いていなかったけれど、恋バナをしていたそうよ」

「恋バナ……ですか」

「ええ」

きょとんとしたアイシラは、小さく胸を撫《な》でおろした。自分が何か言われているのではと、不安だったのだろう。

「恋のお話といえば……オリヴィア様は、好きな男性はいないのですか？」

「え、わたくし？？？」

「アクアスティード殿下も結婚されましたし、オリヴィア様もそろそろ……その、お相手を探してもいいのではないかと思いまして」

　別に婚約を解消したアクアスティードのことが気がかりで新しい相手を見つけられなかったわけではないのだが……確かにオリヴィアもいい年だ。

　――お兄様もアイシラ様も、わたくしのことを気にしすぎだわ。

　オリヴィアこそ人のことを言えはしないのだが、あいにくと現時点で誰かと結婚する予定どころか婚約する予定もない。

　父親もアクアスティードとの婚約の件があったので、急《せ》かすつもりはないようだし……。

「わたくしは聖地……旅行へ行ったりしたいこともあって、まだまだ独り身でいいと思っているんです。アイシラ様こそ、新しい恋を見つけてもいいと思いますわ」

　悪役令嬢よりヒロインの恋バナを聞く方が楽しい。できるなら、アイシラが恋に気づきそれを育んでいくところを見守られたらなおよしだ。

「アイシラ様と親しい男性といえば……カイルでしょうか？」

「え……」

オリヴィアがカイルの名前をあげると、アイシラは驚《おどろ》いた。そしてすぐに、くすりと笑う。

「カイルはわたくしの執事《しつじ》ですよ」

「そうね」

普通《ふつう》、公爵家の令嬢に執事と恋をしてみてはどうか？　なんて聞くことはあり得ない。だって身分も何もかも違《ちが》うのだから。

アイシラの反応も至極《しごく》真っ当なものだとオリヴィアも思う。

しかし、しかーし！　実際、アイシラのことを一番に想っているのはカイルなのだ。そしてアイシラが一番気を許している男性も、きっとカイルだ。

「アイシラ様が塞《ふさ》ぎ込《こ》んでいるとき、側《そば》にいることを許されたのはカイルだけでしたわね？　アイシラ様の心に、少しでも彼の居場所があるのかと思ったのだけれど……」

違ったかしら？　――と、まるで鎌《かま》をかけるように問いかける。

するとどうなるかというと、アイシラがカイルを『執事』から『男性』として認識《にんしき》が変わるのだ。

やはりというか、アイシラの頰《ほお》が染まった。

「――！」

「あら、気になってしまいましたか？」

――わああぁぁ、恋心《こいごころ》をちょっと自覚したアイシラ様とっても可愛いわ！

こんなのきゅんきゅんしてしまうに決まっている。

オリヴィアはにやにやしたいのを必死に抑《おさ》えつつ、悪役令嬢味を出しつつアイシラの背中を押してやるのだ。

「ふふっ、あなたには使用人との恋がちょうどいいのではなくて？」

――決まったわ！

これはとっても悪役令嬢らしい台詞《せりふ》だと、自分自身を絶賛する。これは後でレヴィにも褒《ほ》めてもらわなければと思うほどに。

しかし、アイシラから思いもよらない反撃《はんげき》がきた。

「もしかしてオリヴィア様、レヴィのことが……お好きなのでは？」

「んんっ」

先ほどのクロードに続き、アイシラからもカウンターを食らってしまった。

「なな、な、何を言っているのアイシラ様!!」

「とても動揺《どうよう》していらっしゃいますよ、オリヴィア様」

「！！！！！！！」

オリヴィアはぶわわっと顔が赤くなる。

そして思い出したのは、レヴィが自分の唇《くちびる》にキスをしたときのこと。あれ以来何もな

いけれど、レヴィとの距離《きょり》は以前よりもぐっと近づいたように思う。

「ですが、そんな未来はあり得ません！」

きっぱりと告げると、アイシラが眉《まゆ》を下げて「失礼いたしました」と苦笑《くしょう》する。

「彼は平民ですから、オリヴィア様のお相手に……なんて告げるのは、失礼でしたね」

再度「申し訳ありません」とアイシラが謝罪すると、オリヴィアは「何を言っているの？」とアイシラを睨《にら》みつけた。

「お、オリヴィア様？」

「平民だから——なんて。レヴィは見目麗《みめうるわ》しいだけではなく、とても優秀なんです。紅茶を淹《い》れたら右に出るものはいないし、鍛錬《たんれん》だって欠かさず行っています。勉学にも励《はげ》み、今ではその知識量は教師だって務まるほどです。この間フォレスホーンボアに遭遇《そうぐう》したときも、レヴィがちょちょいのちょーいっと倒《たお》してくれたのよ！　まったく。そこらへんの子息よりよほど王侯《おうこう》貴族らしいレヴィを、平民だからと身分でしか測れないなんて……アイシラ様ったら、人を見る目がないのでは？」

「……はい」

突然のマシンガントークに、アイシラは目を何度も瞬《しばた》かせる。ラピスラズリ王国のこと以外で、ここまで熱く語るオリヴィアの姿を見たのは初めてだった。

「失礼いたしました。ええと、つまり——オリヴィア様は、レヴィのことが大好きなのですね」

「………………っ⁉」

アイシラの言葉に、オリヴィアはドキリとする。

「ですから、そのようなことはありませんと言ったではないですか」

「では、そのように思っておきます」

オリヴィアが否定するも、アイシラはくすくす笑って「はい」と受け流す。それに頬を膨《ふく》らませ、けれど……と思う。

しかしオリヴィアとレヴィは、決して——結ばれることはない。

レヴィは想いを口にしたくせに、オリヴィアと添《そ》い遂《と》げるつもりは毛頭ないからだ。だからオリヴィアも、レヴィを想うようなことはしない。

そう考えると、不機嫌《ふきげん》だったオリヴィアの顔から表情が消える。

「………………」

「オリヴィア様？　わたくしったらすみません、大丈夫《だいじょうぶ》ですか？」

アイシラはオリヴィアが黙《だま》り込んでしまったため、慌《あわ》てて心配している。言いすぎてしまったと焦《あせ》ったのだろう。

「いいえ、大丈夫ですわ」

「そうですか？　でも、顔色が悪いです。どこかで休まれた方がいいかもしれません。今、カイルを呼んで──」

そう言ってアイシラが視線を動かすのと同時に、黒色が目に入った。

「お待たせいたしました、オリヴィア」

ひらりと黒の執事服を翻《ひるがえ》し、レヴィがオリヴィアの手を取る。

「駆《か》けつけるのが遅《おそ》くなりましてすみません。休憩《きゅうけい》できる部屋を用意しております」

「……ありがとう」

どうしてこんなにもタイミングよく登場することができるのだろうと考えたいが、レヴィだからという答えしか出てきそうにない。

──なんて。

本当はわかっている。レヴィは誰よりも周囲に気を配り、オリヴィアの体調だって朝起きてすぐに確認《かくにん》するのだ。

毎日オリヴィアのことを考え、見てくれている。だからこそ、こういったときにオリヴィアの意思を汲《く》み取《と》り行動を起こせるのだ。

「わたくしも――」

アイシラが付き添う旨《むね》を伝えようとすると、「お待たせしました！」とカイルが姿を現した。少し息が切れているので、駆けつけてくれたのだろう。

「カイル！」

「オリヴィア様と一緒に休憩されるのでしょう？　お手をどうぞ」

「……ありがとう」

たどたどしくも差《さ》し伸《の》べられたカイルの手を見て、アイシラは嬉しそうに微笑んだ。その頬が少し赤いのは、きっとオリヴィアとの会話のせいだろう。

――はあ～～～尊《とうと》いわ！

仲睦《なかむつ》まじそうなアイシラとカイルを見てしまい、つい今しがたのしんみりした気持ちはどこかへ飛んで行ってしまった。

さすがはオリヴィアの推《お》しカップリングの二人だ。

「元気になられたようですね、オリヴィア」

「ええ、とっても！」

一気に元気になったオリヴィアはレヴィにエスコートされ、アイシラとカイルの後ろ姿を見つめるように後ろから着いていき休憩室へとやってきた。

オリヴィアとアイシラは休憩室で雑談をしながら休み、それぞれ帰路についた。


夜会からしばらくして、別荘が完成したという連絡《れんらく》が入った。

雇《やと》った職人の報酬《ほうしゅう》を多めにしたこともあり、張り切って作業に当たってくれたようだ。ナッツとミナも、差し入れの用意など協力してくれていた。

勉強が終わりソファでのんびりしていたオリヴィアは、朗報に表情を輝《かがや》かせる。

「本当？　とっても楽しみだわ！」

「いつでもアイシラ様を招待できますね」

「ええ。さっそく招待状を書かないといけないわね」

ソファから立ち上がると、レヴィが「すでに」と机を示す。見ると、机の上にレターセットが用意されていた。

「ありがとう、レヴィ」

「当然です」

オリヴィアは必ずカイルも連れてくるようにと念押しし、アイシラへ招待状を書いた。

そしてやってきました、別荘へ――！

「はぁぁ、今日もとっても素敵だわ！」

クロードに別荘を建てたのでしばらく出かけてくると言ったら「またか⁉　いつの間に⁉　なん軒目《けん》だ⁉」とめちゃくちゃ驚かれてしまったが、執事のやったことなので許してほしい。

滞在《たいざい》期間は十日で、五日目からアイシラを招待している。

木造の別荘はこぢんまりとしているが、温かみのある仕上がりになっていた。

庭園には薔薇《ばら》をはじめとした季節の花と、ピノ村の苺《いちご》も植えられている。リビングと繋《つな》がっているウッドデッキにはテーブルとソファが置かれ、雄大《ゆうだい》な山々を心ゆくまで一望することができる。

時折聞こえる小鳥のさえずりは、安らぎを与《あた》えてくれるだろう。

中に入ると、一階は広いリビングルームにキッチンや風呂《ふろ》などの設備がある。二階に上がると客室と図書室があり、案内に押し花で装飾《そうしょく》されたプレートが各部屋のドアに下げてある。

オリヴィアが「すごいわー！」とテンションを上げていると、「ようこそいらっしゃいませ！」という男女の声が聞こえてきた。

見ると、ナッツとミナが出迎《でむか》えてくれている。

二人はアリアーデル家のメイドと使用人の服に袖《そで》を通しており、とても立派に見えた。

「久しぶりね、ナッツ。それから……あなたが姉のミナね。わたくしはオリヴィア・アリアーデルよ」

「は、はいっ！　ナッツの姉のミナと申します。この度《たび》は、管理人として雇っていただきありがとうございます!!」

ミナは挨拶の言葉とともに、勢いよく頭を下げた。どうやら公爵家の令嬢――主人に初めて会うのに、すごく緊張《きんちょう》しているようだ。

オリヴィアはミナを見て、「肩の力を抜いてリラックスしてちょうだい」と微笑む。

「あまり頻繁《ひんぱん》に来ることはできないかもしれないけれど、よろしくお願いするわ」

「精一杯頑張《せいいっぱいがんば》ります！」

ミナの元気いっぱいの返事を聞いたオリヴィアは、今回同行しているジュリアを呼ぶ。

「ナッツとミナに紹介《しょうかい》するわ。侍女《じじょ》のジュリアよ」

「オリヴィア様の侍女のジュリアです。よろしくお願いします」

「よろしくお願いしますっ！」

日帰りであればレヴィと二人で問題ないが、泊《と》まりで出かける際は必ず侍女のジュリアが同行している。

オリヴィアが幼い頃《ころ》から侍女を務めている、ジュリア。

蜂蜜《はちみつ》色の髪と、青色の瞳。どちらかといえばせっかちな性格で、夫限定で言葉より先に手が出ることもしばしば。

歳《とし》は二十六で、二十歳《はたち》のときにアリアーデル家の護衛騎士《きし》ライアンと結婚した。

ジュリアはミナに部屋の案内を頼《たの》むと、支度《したく》をするため二階へ上がっていく。綺麗《きれい》に掃除《そうじ》をしてもらってはいるが、主人の部屋を整えるのは侍女の役目だ。

「もう少しお庭を堪能したい気持ちもあるけれど……図書室へ行こうかしら！」

実はオリヴィアはずっと楽しみにしていた。

レヴィはすぐに入り口のドアを開く、「こちらです」とオリヴィアを案内する。カランと鳴ったドアベルを見ると、なんとデザインがゲームのロゴだった。

しい。

よく見なければ気付かないほど小さなものだが、レヴィのこういった気遣《きづか》いがとても嬉

——え、すごいわ！

中へ入ると、新築の木材のいい香りがする。

オリヴィアはゆっくり深呼吸して、にんまり笑う。別荘だけれど、オリヴィアにとって

は宝物の詰まった秘密基地だ。

二階へ上がって廊下《ろうか》を進むと、図書室と書かれたプレートが見えた。

「さあ、どうぞ」

レヴィがドアを開けてくれ、中に入るとずらりと並ぶ本棚《ほんだな》が目に飛び込んできた。さら

に壁にも備え付けの本棚が作られており、容赦《ようしゃ》なくオタク心をくすぐってくる。

本棚の半分ほどは埋《う》まっていないけれど、これからどんな本を並べようか考えるだけで

テンションが上がってしまうのも致《いた》し方ないだろう。

一つだけある窓の横には、ランプとウッドチェア。さらに膝掛《ひざか》けが用意されているとこ

ろもポイントが高い。

「はあぁぁあっ、なんて素敵なのかしら‼」

本棚の前までダッシュし、いったい何が入っているのかチェックする。新しい本を見る

ときは、いつだって胸が高まる。

「はあぁ、ラピスラズリの歴史書だわ！　しかもそれだけではなく、ほかの国の物も用意されているわ‼」

これは徹夜《てつや》してでも読破したい。

そのほかにも、『世界地図』や『妖精《ようせい》について』という興味をそそられすぎるラインナップが揃《そろ》っている。

「読みつくしたい……あら？」

本を見ていったら、『攻略本《こうりゃくぼん》』という本があった。しかもよく見ると、著・オリヴィアと書かれているではないか。

「こ、これはわたくしが書き溜《た》めていた攻略本‼」

「せっかくなので並べてみました」

「素敵だわ！　この図書室に来れば、この世界がすべてわかる……そんな場所にしたいわ」

「オリヴィアでしたら実現できます」

レヴィが頷いたのを見て、オリヴィアは頑張って攻略本を充実《じゅうじつ》させなければ！　と燃え上がるのだった。

別荘に滞在二日目。

オリヴィアは村長の案内でピノ村を見て回っていた。

小さな村なのでわずかな商店しかないが、農業が盛《さか》んで活気がある。子どもたちは元気に走りまわって遊んでいるが、手伝いをしなさいと叱《しか》られているようだ。

苺畑の前で足を止めると、村長が収穫《しゅうかく》量などの説明をしてくれる。

「マリンフォレストは気候が安定しているので、収穫が悪くなることはほぼありません。森の妖精に会ったことはありませんが、これも彼らの恩恵《おんけい》かもしれません」

「そうね」

村長の言葉にオリヴィアも全力で同意する。

「ただ……アクアスティード殿下の奥方《おくがた》がおられますので、いつか妖精たちが畑に姿を見せる日がくればとも思っております」

そんな日が来たら嬉しいと、村長が笑う。

マリンフォレスト王国には、空、海、森の妖精とその王が存在する。

妖精たちは気に入った相手に祝福を与えるのだが、唯一《ゆいいつ》森の妖精だけが誰にも祝福を与えていない——いや、いなかった。

誰にも祝福を与えなかった森の妖精が、たった一人にだけ祝福を贈《おく》ったのだ。その人物は、乙女《おとめ》ゲーム『ラピスラズリの指輪』の初代悪役令嬢。

オリヴィアが勝手に先輩《せんぱい》と呼び慕《した》っていて、村長が口にした人物。今はアクアスティードの妃《きさき》となったティアラローズ・ラピス・マリンフォレストだ。

ちなみにオリヴィアは妖精たちから嫌《きら》われているので、一切《いっさい》祝福を授《さず》けてはもらえなかった。理由は悪役令嬢だからという理不尽《りふじん》なもの。

一応仲良くしようとしたのだが、妖精にはなんとも言えない顔をされてしまいオリヴィアが受け入れられることはなかった。

「妖精が大勢いる畑を見ることができたら、幸せね」

「はい」

オリヴィアと村長は、来るかもしれないそんな未来を夢見て畑を眺《なが》めた。

畑の見学の後、アイシラが来るまでの数日間はほとんど別荘の図書室で読書に耽《ふけ》っていた。ときおり散歩をするため村の中を歩き、充実した時間を過ごしている。

今日は村の苺で作ったジャムでパンを食べ、子どもたちと遊んで別荘へ戻ってきた。くまなく歩いたので、かなり疲れてしまった。

「大変だったけど、楽しかったわ！」

その分収穫もあったとオリヴィアは嬉しそうだ。

「そういえば、子どもたちと話をしていましたね。有意義な情報でも？」

紅茶を淹れながら問うレヴィに、オリヴィアは力強く頷いた。

「ええ。この辺の怖《こわ》い話を聞いてきたのよ。夜になると、どこからともなく『助けて〜』って聞こえたりするらしいわ！　まさに怪談《かいだん》ね」

「なるほど」

アイシラが別荘へ遊びにきたら、『ドキッ！　急接近!?　夜の肝試《きもだめ》し★』を開催《かいさい》してカイルとの恋を急加速するというのがオリヴィアの目論見《もくろみ》だ。

しかし、ただ肝試しコースを歩けばいいというわけではない。仕込《しこ》みというのは——ときに本番よりも大切になってくる。

「ほかにはどんな怪談があったのですか？」

興味深そうにしているレヴィに、オリヴィアは子どもたちに教えてもらった話を語りだした。

これは何十年も昔にあった話。

——ピノ村の苺は当時からとても大きく、鮮《あざ》やかな赤で、艶《つや》やかだ。

しかしどこの畑もできがいいのかというと、実はそうでもない。あまり苺が育たない畑が存在していた。

村人は首を傾《かし》げ、「どうしてうちの畑は苺の色が薄《うす》いんだ？」と不思議そうにしている。同じ苗《なえ》を使っているはずなのに……と。

実はここ数年、どうにも苺が上手《うま》く育たないのだ。悪い訳ではないが、ほかの家のものに比べると劣《おと》っている。

このままでは、出荷額《しゅっかがく》が低くなる。そうなると、家計には大打撃《だいだげき》だ。これではまずいので、何か対策を考えなければならないのだが……。

「とはいっても、今更《いまさら》肥料を追加したり替《か》えても遅いしなぁ……」

次の苺を育てる際に肥料を替えることくらいしかできないだろう。やれやれとため息をついて、畑の持ち主は家へ帰った。

すると、妻が倒れていた。

「お前、どうしたんだ!?」

どうやら料理の最中だったようで、竈《かまど》の前で倒れていた。

慌てて妻を抱《だ》き起《お》こすも、体は冷たくなっていて……倒れてからかなりの時間が経過していることがわかった。

倒れた原因は、栄養失調と過労だ。

ここ最近の苺のできが悪く、妻にはひどく苦労させてしまった。満足にご飯も食べさせてあげられなかった。

ああ、どうして自分はもっと妻を労《いた》われなかったのだろうと男の涙《なみだ》は止まらずやがて雨となる。

そして妻の亡骸《なきがら》を抱いた男は畑へやってきて、そのまま息絶えた。

もっと美味《おい》しい苺が実っていればこんなことにはならなかったのに——と、そんな夫婦《ふうふ》の想いからその畑では立派な苺が育つようになった。

同時に、苺の世話をおろそかにすると「苺が実らなくなったらどうするんだ」と怒った夫婦に土の中へ引っ張られてしまい……苺の養分のために埋められた人の「助けて」という声が聞こえるのだという。


「──めでたし、めでたし」

まったくめでたくはないのだが、オリヴィアはそう言い締《し》めくくるように手を叩《たた》いた。

「かなりストーリーができあがっているんですね」

「ええ。ようは、躾《しつ》けるための昔話ね。『悪い子は畑にうめられちゃうぞ～！』ってね」

オリヴィアが脅《おびや》かすように言うと、レヴィが「恐《おそ》ろしいですね」と苦笑する。

「だからピノ村は、死体が埋まった畑は立派な苺が育つようになったのよ」

オリヴィアがそう言って笑うと、ガタンと音がして思わずドキリとする。もしやお化け⁉と思い逃《に》げ腰《ごし》になると、目を見開いているアイシラがいた。

「い、今のお話は……本当なんですか？」

どうやらアイシラが到着《とうちゃく》したので、ジュリアが案内してくれたようだ。

アイシラは死体の埋まった畑というくだりだけ聞いていたようで、顔を青くしている。

もちろん作り話ですと言って怖がっているアイシラを安心させることもできるが、そんなもったいないことはしない。

「残念ながら、本当です。立派な苺が実らなくなると、足のつきにくい旅人などを殺して畑に埋めているそうですよ」

「……っ！」

信じられないとばかりに絶句するアイシラに、なんて仕込みがいがあるのだろうとオリヴィアはにんまりする。

しかしアイシラ以上に動揺している人物がいた。

「こここ、この村はそんなに恐ろしいところだったのですか⁉　ここに来るまでに見た村の人たちはみな優《やさ》しそうだったというのにっ！」

――カイル！

「アイシラ様、すぐに帰った方がよいのでは……！」

あの人たちが苺のために人を殺して畑に埋めているなんて、とても信じられないようだ。

「………」

カイルのアイシラ以上の慌てっぷりに、オリヴィアは言葉がなくなる。いや、正確には発せなくなった。

――可愛すぎるのでは？？？

今のカイルを見ているだけで、ご飯三杯《ばい》は軽く平らげることができそうだ。怖がってうろたえる執事、最高です。

思わず手を合わせて拝んでしまう。

「オリヴィア」

「ん、ありがとう」

鼻血が垂れる前にレヴィがハンカチを当ててくれたので、大事には至らなかった。

突然のレヴィの行動に驚いたらしいカイルが、恐怖《きょうふ》を忘れてこちらを不思議そうに見ているけれど……そんなことは些末《さまつ》なことだ。

――大事なのは、アイシラ様とカイルが今日もとっても素敵だということよ！

これは肝試しも大いに期待できるだろう。

「カイル、大丈夫ですよ。きっと、子どもたちに言い聞かせるために考えられた怖い話の類《たぐい》でしょうから。……それに、マリンフォレストでそのようなことが行われているはずがありませんから」

「アイシラ様……。そうですね。私としたことが、動揺してしまいました」

あははと笑いながら、カイルは頭をかく。

「……というか、こういう場合は私がアイシラ様を助けなければならないというのに。まだまだ未熟で恥《は》ずかしいばかりです」

「そんなことありませんよ」

「苦手なものは誰にでもありますから」

別に気にすることはないのだと、アイシラは微笑む。

カイルは鳩《はと》が豆鉄砲《まめでっぽう》を食らったような顔をしつつも、そんなアイシラの優しさに頬が緩《ゆる》んでいる。

「少し、胸が軽くなったような気がします。お化けはちょっと苦手《にがて》ですが、私なりに精一杯アイシラ様のために頑張らせていただきます！」

「ええ」

まるでお化けなど倒してやるという勢いで、カイルはとびきりの笑顔を見せた。

鼻血の処理を終えたオリヴィアは、なんだかいい雰囲気《ふんいき》のアイシラとカイルににんまりする。

——すでにカイルルートに入っている気がするわ！

二人の間に花が見える気がする。

「アイシラ様がカイルと結ばれたら、オリヴィアは自由ですね」

「……そうね」

忘れがちだったけれど、ヒロインがアクアスティード以外のルートを選んだ場合は悪役令嬢には特に何も起こらない。

ゲームではアクアスティードとそのまま結婚……という流れだったけれど、あいにくとアクアスティードはティアラローズとすでに結婚している。

「わたくし追放されたいわ」

「残念ですが、されません」

「ちっとも残念そうに聞こえないわ」

笑顔で残念と言われて、いったい誰が信じるというのか。レヴィの態度に、オリヴィアは頭を悩《なや》ませる。

「まあ、今はいいわ。アイシラ様とカイルのハッピーエンドを間近で見るのが目標だもの！　自分のことは、その後よ。聖地巡礼《じゅんれい》の旅をするにしても、レヴィの言う女公爵になるにしても――ね」

「御意《ぎょい》に」

ひとまず自分のことは後回しにして時間を稼《かせ》ぐオリヴィアだった。

夜、アイシラとカイルが寝静《ねしず》まった頃――オリヴィアは動き出す。

レヴィと二人で別荘から抜け出して、夜の森へ足を踏《ふ》み入《い》れた。街灯《がいとう》なんて一つもなく、頼《たよ》りになるのはレヴィが持つランプ一つだ。

ふいに飛び立つ鳥の羽音に驚きながらも、オリヴィアは気合を入れる。

「肝試しの最終チェックをしなくちゃ」

コースはレヴィに指示したところ、ほぼ完璧《かんぺき》に仕上げてくれている。あとは実際に肝試しをするだけだ。

「……ハッ！　大変、大変よレヴィ！」

「どうかしましたか？」

オリヴィアが慌てていると、レヴィは何か忘れていただろうかと脳内をフル回転させる。

オリヴィアの期待に応《こた》えられないなんて、そんなことは許されない。

「レヴィ！　肝試しと言ったら、こんにゃくぺちょりよ！」

「こんにゃくぺちょり？」

オリヴィアの言葉に首を傾げつつ、どんなものかを考える。

こんにゃくというと、ナッツたちと一緒にこんにゃく芋《いも》を加工して作っている最中の食品だ。

では、ぺちょりとは？

こんにゃくの触《さわ》り心地《ごこち》がぺちょりといえばぺちょりかもしれないと……安易だけれどすぐ答えに辿《たど》り着《つ》いた。

つまり――

「こんにゃくを木からつるしておけばいいのですね？」

「そう、そうよ！　さすがレヴィだわ！　歩いているとき、こんにゃくがほっぺたにあったら……すごくびっくりするでしょう？」

しかもこんにゃくの触感《しょっかん》なんて、ほとんどの人からすれば未知のもので……。アイシラが驚く様子が目に浮《う》かぶ。

「さすがオリヴィア、名案です」

――でも、カイルの方が驚くかもしれないわね。

それはそれで美味しいので、どう転んでも問題はない。

「だけど肝心《かんじん》のこんにゃくがないことにはどうしようもないわ」

「……でしたら、用意がございます」

「なんですって⁉」

レヴィの言葉に、オリヴィアは盛大《せいだい》に驚く。

だってまさか、こんにゃくが用意されているなんて思ってもいなかった。上手く加工ができずに、レヴィとナッツたちで四苦八苦していたはずだ。ピノ村にも、レヴィは何回も足を運んでいる。

「本当は最終日の料理にお出ししてオリヴィアを驚かせたかったのですが……」

「レヴィ……」

少ししょんぼりした様子のレヴィに、オリヴィアは胸がきゅんとなる。

この執事は、自分のためにいったいどれだけ頑張ってくれたというのか。それを考えただけで、百回、いや百万回は褒めてあげたくなる。

オリヴィアはレヴィの袖をつまみ、くいくいと引っ張る。

「ちょっとしゃがんでちょうだい」

「はい」

しゃがんだレヴィの頭にそっと手を載せて、オリヴィアはなでなでした。こんにゃくの感謝は、言葉だけでは言い尽くせないのだ。

「すごいわ、レヴィ！　優秀よ！　感謝してもしきれないわ。ありがとう、レヴィ！」

——もちろん言葉でも伝えるけれど！

わしゃわしゃと激しく撫でられたレヴィは、頬が緩む。

「ありがとうございます、オリヴィア」

「やだ、お礼を言うのはわたくしよ？　レヴィったら」

レヴィの言葉にくすりと笑う。

そしてもじもじしながら――「それで」と言いながらレヴィを見る。

「……こんにゃく、食べられるのかしら⁉」

そう言ったオリヴィアの目は、らんらんと期待に満ちていた。


こんにゃくを食べるため、急いで別荘に戻ってきた。

肝試しのコースはだいたい下見したので問題ない。ただ暗すぎてしまうので、当日はあまり遅くならない時間に開始する予定だ。

コトコトとこんにゃくを煮《に》るいい匂《にお》いが、オリヴィアのお腹《なか》を刺激《しげき》する。油断したら盛大な腹の音を披露《ひろう》してしまいそうだ。

オリヴィアはキッチンに備え付けられている簡易ダイニングテーブルに座りながら、割《かっ》烹《ぽう》着《ぎ》姿のレヴィを見る。

なぜ割烹着なのかと言うと、オリヴィアが仕立ててプレゼントしたからだ。腰に巻くエプロンも似合うだろうと思ったけれど、こんにゃくを煮るなら割烹着の方が雰囲気に合うと判断した。

そんなレヴィは、オリヴィアからのプレゼントににこにこだ。

「でも、よくこの短期間で作ることができたわね。下手《へた》をすれば、数年……それ以上かかるかと思っていたわ」

それだけに、こんにゃく芋の加工は大変だ。

——というか、加工方法を知らないとまずこんにゃくになんてならないわよね。

常々、食品を開発している先人たちには感謝しかない。オリヴィアの中でその最たる例が、チーズだ。

オリヴィアの問いかけに、レヴィが「ナッツたちも頑張っていましたから」と告げる。

「家の中を探したところ、おばあ様の手記があったのです。とは言っても走り書きのようなものでしたが」

「メモから加工方法を見出《みいだ》したの？」

「はい」

何枚かあるメモをすべて集め、繋ぎ合わせていくと要所要所のコツなどが書かれていて、それを読み解いてこんにゃくを加工することに成功したのだという。

「あの姉弟《きょうだい》も喜んでいましたよ。おばあ様のこんにゃくを守ることができる、と」

「そうなのね」

家族との想い出が形として受《う》け継《つ》がれるのは、とてもいいことだ。

「さて……できましたよ」

「――！」

こんにゃくの盛られた器《うつわ》がオリヴィアの前に置かれた。

いびつだが丸く加工されたそれは、まさしくこんにゃくだった。前世で食べていたものと、そんなに変わりはない。

――この世界でもこんにゃくが食べられるなんて！

「ありがとうレヴィ、わたくしとっても感動しているわ……！」

「お召《め》し上《あ》がりください」

「ええ！　いただきます」

手を合わせてから、オリヴィアはマイ箸《はし》でこんにゃくをつまむ。ぷるんとした弾力《だんりょく》に、これこれ……！　とテンションが上がる。

口元まで持ってくると、こんにゃくから出ている湯気に一瞬《いっしゅん》びっくりしたけれど、それ以上に濃厚《のうこう》な香りが鼻をくすぐった。

意を決して口に入れると、その熱さから無意識に「はふっ」と声が出る。

「んん……っ！」

むにゅっとした噛み応えで、しっかり味がしみ込んでいる。

オリヴィアは夢中で一つ食べ終えて、すぐ二つ目に箸をのばす。こんなの、やめろと言われても無理だ。

「美味しい、美味しいわレヴィ！」

「お口に合ってよかったです。オリヴィアに喜んでいただけて、私もとっても嬉しいです」

「ちなみにおかわりは――」

「いけません」

おかわりを所望《しょもう》してみたが、即答《そくとう》で駄目《だめ》だと言われてしまった。

いつでも笑顔でオリヴィアの返事にはイエスマンなレヴィなので忘れがちだが、オリヴィアのためによくない場合は遠慮なく却下《きゃっか》してくるのだ。

しかしオリヴィアが絶望の表情をすると、やはり主人に甘いためレヴィも簡単に折れる。

「明日の運動量を増やすのでしたら」

「う……」

オリヴィアの体型はレヴィによって維持《いじ》されている。

栄養満点（特に鉄分）の食事と、適度な運動。一日の摂取《せっしゅ》カロリーと運動量を計算し、まったく無駄《むだ》のないプロポーションを維持している。

「でも……こんにゃくはカロリーが少ないから、大丈夫よ！」

「確かにそうですね。ですがもう夜も遅いですから、私としてはやはり心配です。明日もお出ししますから、今夜はこのくらいにしておきましょう」

「しょんな……」

おあずけを食らってしまったオリヴィアはしょんぼりする。もし小動物だったら、耳がぺたりと垂れていただろう。

オリヴィアはどうしてもあきらめきれずに、レヴィの割烹着の裾《すそ》を引っ張る。

「あと一つだけだから、お願い」

うるうるした瞳でおねだりをしてみると、レヴィはしばらく無言になったあと、「仕方ないですね」と口にした。

――やった、やったわ！

オリヴィアの甘え勝ちだ。

レヴィはお鍋《なべ》から小皿にこんにゃくを一つよそり、箸でつまんでオリヴィアを見る。

「レヴィ……？」

「お皿ごと渡《わた》してしまっては、さらに要求されかねませんから」

そう言って、レヴィが食べさせようとしてきた。

「さ、さすがの私もそこまで我《わ》が儘《まま》は言わないわよ⁉」

慌てて自分で食べられると主張してみるも、「駄目です」とレヴィも譲《ゆず》らない。笑っているようで笑っていない笑顔からは、レヴィの考えを読めない。

オリヴィアが汗《あせ》をダラダラさせていると、レヴィの指がオリヴィアの口元に触《ふ》れた。

「口を……オリヴィア」

「……っ！」

レヴィの妙《みょう》に色っぽさを感じさせる仕草に、ドキリとしてしまった。

いつものレヴィではあるのだが、ここ最近は恋バナやアイシラにレヴィのことが大好きなんだと言われてしまったため、妙に意識してしまう。

――って、気にしたら負けだわ！

オリヴィアは仕方がないと、素直《すなお》に口を開ける。すると、すぐに入ってきたこんにゃくの美味しさに頬が緩む。

「んん～、美味しい～！」

幸せだ。

「それはよかったです。さあ、そろそろ眠《ねむ》りましょう」

一つだけの約束でしたからねと、レヴィに微笑まれてしまう。

「……わかったわ」

仕方がないと、差し出されたレヴィの手を取った。

簡単にシャワーを浴びたオリヴィアが寝室《しんしつ》へ行くと、レヴィが白湯《さゆ》を用意してくれていた。

「お湯加減はいかがでしたか？」

「ちょうどよかったわ」

オリヴィアがベッドに腰かけると、レヴィがすぐ横に膝をついた。その手にはタオルを持っていて、まだわずかに濡《ぬ》れているオリヴィアの髪を拭《ふ》いていく。

水分がほとんどなくなると、ヘアオイルを馴染《なじ》ませる。櫛《くし》でとかしてから、仕上げに風《かぜ》魔法《まほう》を使って乾《かわ》かす。

サラサラのオリヴィアの髪は美しく、手入れをするのもレヴィの楽しみの一つだ。

「ありがとう、レヴィ。長い髪を自分で乾かすのは大変だから、とても助かるわ」

「いえいえ」

いつだか、オリヴィアが長くて大変だからという理由で髪を切ろうとしたらレヴィにめちゃくちゃ止められたという思い出がある。

それ以来、オリヴィアの髪は常にレヴィが管理している。

「さあ、もう寝ましょう。それともマッサージを？」

どうしますか？　というレヴィの問いかけに、オリヴィアはマッサージを選択《せんたく》する。少しだが森の中を歩いたこともあって、体はいつもより疲れている。

「明日に疲れが残ってはいけませんからね」

オリヴィアがベッドへ横になると、レヴィが丁寧《ていねい》にマッサージをしてくれる。弱すぎず強すぎず、心地いい。

「読書のせいで肩と頭も凝《こ》っていますね……」

「これぱっかりはどうしようもないわ」

すべてのオタクは酷《ひど》い凝りに悩まされているとオリヴィアは思っている。いや、そうであってほしいと思っている。

「すぴ――」

マッサージが気持ちよかったようで、オリヴィアはすぐに寝落ちしてしまった。その表情は、とても幸せそうだ。とはいえ、これはいつものこと。

レヴィはただ黙々《もくもく》とマッサージをしていく。オリヴィアの疲れが取れますように、と。

「んふふ～、ん、だめ……よ、レヴィ……」

むにゃむにゃ寝言《ねごと》を口にしながら、オリヴィアがレヴィの名前を呼んだ。それには、さすがのレヴィも思わず一瞬手を止める。

――夢の中に、私がいるのでしょうか？

「そんな無防備に、男の名前を呼んではいけませんよ」

ぐっと腕《うで》に力を込めると、オリヴィアが「ん～」ととろけたような声を出す。呆《あき》れてしまうほどに、警戒心《けいかいしん》がない。

「………」

仮にも自分は一度オリヴィアに告白している男でもあるのだから、ベッドで横になり体を触らせた状態で眠らないでほしい――と。

――しかしそれは、私の我が儘ですね。

ただ執事の立場からすれば、マッサージで体を癒《いや》し、そのまま寝てもらえるというのはマッサージのしがいもあるし嬉しくもある。

「私を信頼《しんらい》してくれているのでしょうね」

だったら、それに全力で応えるだけだ。

「しかし、私は側にいるだけでいいと言いましたが……オリヴィアが欲《ほ》しくないとは言っていないのですよ」

返事はしなくていいと言ったけれど。

「オリヴィア……」

レヴィはオリヴィアの髪をひとすくい手に取り、愛《いと》おしそうに口づけた。

第四章　ドキッ！　急接近!?　夜の肝試し★

ピノ村の朝は早い。

ほとんどの村人が農業に携《たずさ》わっているため、朝一番に畑仕事や家畜《かちく》の世話をする。一段落したら、やっと一休み。

それから少しして、オリヴィアの別荘《べっそう》は動き出す。


『コケーコッコッコッ！』


平飼いされている鶏《にわとり》の産み落とした卵を手に取り、レヴィは「美味《おい》しい朝食が作れそうですね」と頷《うなず》く。

ピノ村のメインは苺《いちご》栽培であるが、ほかの野菜や家畜も育てているため、食に関してはある程度自給することが可能だ。

肉付きのよい鶏を見ながら、夕食用に捌《さば》けないだろうか？　なんて考えていると、村人から「おーい」と声をかけられた。

「おはようございます。どうされましたか？」

「ああ、おはよう。うちの畑で採れたてのレタスだ。よかったらオリヴィア様に」

「これは立派なレタスを……ありがとうございます」

気づけばレヴィとオリヴィアはすっかりピノ村に受け入れられていた。

生活用品や建設時の人材などを村から調達したことや、村長と一緒《いっしょ》に村の見学をし、子どもたちと遊んでいたことなどが大きな理由だろうか。

レヴィがレタスを受け取ると、声をかけてきた男性はすぐ仕事へ戻《もど》っていった。レヴィもそれを見送り、朝食作りのため急いで別荘へ帰った。


パンの焼けるいい匂《にお》いに、新鮮《しんせん》なサラダ。先ほど採ってきた卵で作った目玉焼きと、カリカリのベーコン。野菜がたっぷり入ったスープは、朝から食欲をそそられる。

「おはようございます……」

「おはようございます、アイシラ様」

レヴィが目覚めのハーブティーを用意する横で、アイシラはまだ寝《ね》ぼけ眼《まなこ》のまま朝食の席についた。

カイルはレヴィに朝の挨拶《あいさつ》をし、アイシラの給仕《きゅうじ》をする。

「……あら？」

目の前の空席に、アイシラは周囲を見回す。てっきりオリヴィアが一緒だと思っていたので、不思議に思ったようだ。

「オリヴィアはまだ休んでいますので、先に召《め》し上《あ》がってください」

「体調が悪いのでしょうか？」

「いえ。昨日は夜更《よふ》かしをしていたようです」

単に寝不足《ねぶそく》なのですとレヴィが言うと、アイシラはきょとんとしたあとすぐに笑った。

「ふふっ、オリヴィア様でもそんなことがあるのですね。以前、夜更かしはお肌《はだ》の大敵と言っていたのに」

今思い出すと、オリヴィアには海に入っているせいで髪《かみ》がパサパサだ、肌も荒れている、などいろいろなことを言われた。その都度、化粧水《けしょうすい》を替《か》えたり、規則正しい生活を心がけるようにしている。

──わたくしがアクアスティード殿下《でんか》の件で落ち込んでも、そこまで体調を崩《くず》さなかったのはオリヴィア様の助言のおかげかもしれませんね。

アイシラが食事を終えたころ、眠《ねむ》そうにしながらオリヴィアがやってきた。

「おはようございます、オリヴィア様」

「んん、おはようございまふ」

オリヴィアが小さくあくびをしながら席に着くと、すぐにレヴィが給仕にやってくる。

まずは目覚めのハーブティーを淹《い》れ、サラダ、パンと順にテーブルへ出していく。

「オリヴィア、飲めますか？」

「ん」

レヴィの問いかけに頷き、ゆっくりハーブティーを飲む。体がじんわり温まり、意識も徐々に覚醒《かくせい》していった。

そして食事を終えると、オリヴィアの眠気もすっかり覚めた。

「ハッ、わたくしったら気づけば朝ご飯を食べ終わっているわ！」

「レヴィがそつなく給仕していましたよ」

「ごめんなさいね、アイシラ様。今日のことを考えていたら、わたくし楽しみで仕方がなくて……」

オリヴィアがうっとりした表情で告げると、アイシラは不思議そうに首を傾《かし》げた。

「今日のこと、ですか？」

アイシラの問いかけに、オリヴィアは大きく頷く。

「夜になったら――肝試《きもだめ》し大会を開催《かいさい》するわ！」

指を天に向けて高らかに宣言したオリヴィアは、満足そうなドヤ顔だ。それを見て目が点になるアイシラ。

「ええと、肝試しとはなんでしょう？」

アイシラの頭の上にたくさんのクエスチョンマークが浮《う》かんでいる。令嬢《れいじょう》が肝試しなんて、普通《ふつう》は行わないし知らないだろう。

そんなアイシラを見て、オリヴィアはふふんと得意げになる。

「いいわ、説明しましょう！」

オリヴィアの説明を聞いたアイシラは、さあああーっと顔が青ざめた。

「よ、夜の森を歩くのですか⁉　危険です！」

アイシラのもっともな意見に、確かに貴族の娘《むすめ》ともなれば最初に身の安全を危惧《きぐ》するのは当然だと思いいたる。

どうにもオリヴィアは欲が勝って自分をおろそかにしやすい。

──というかレヴィが強すぎるんだわ。

それもあって、どうにも楽観視してしまう。レヴィと一緒なら、夜の森だろうが山だろうが、なんなら魔界《まかい》に行っても無事でいられそうだ。

「大丈夫《だいじょうぶ》よ、安全は確保してあるもの。野生動物もレヴィが追《お》い払《はら》っておくから、危険もないわ」

「ですが……」

どうやらアイシラはあまり乗り気ではないらしい。

オリヴィアはどうしたものかと考え……盛大《せいだい》にため息をついてみせた。

「アイシラ様はマリンフォレストのために一生を捧《ささ》げると誓《ちか》ったばかりだというのに、そんな体《てい》たらくではわたくし心配で仕方ありませんわ」

「え……」

「だって、そうでしょう？」

オリヴィアはアイシラに蔑《さげす》むような視線を向けて言葉を続ける。絶対にアイシラが断れないように。

「マリンフォレストのために生涯《しょうがい》を捧げるといったくせに、夜の森は危ないから行けないなんて……。夜の森がどのようなものか確かめるのも、立派な役目でしょうに……やっぱり自分が一番可愛《かわい》いのね」

「そ、そんなことは――っ！」

アイシラは慌《あわ》てて首を振《ふ》り、唇《くちびる》を噛《か》みしめる。そして俯《うつむ》いたまま十数秒……ぐっと拳《こぶし》を握《にぎ》りしめて顔をあげた。

「……参加させていただきます」

「そうこなくっちゃ！」

こうして、オリヴィアの『ドキッ！　急接近⁉　夜の肝試し★』作戦は動き始めた。

肝試しの開始は夕方なので、それまでは自由時間だ。

アイシラはカイルと二人で村を散歩してくると出かけて行った。オリヴィアは肝試しの安全性も兼《か》ねて、ルートの確認《かくにん》などを行っていた。

「え、私たちが驚《おどろ》かすんですか⁉」

「ムリムリムリムリ、ムリですって‼」

別荘の清掃《せいそう》をしていたミナとナッツを捕《つか》まえて、オリヴィアは肝試しのお化け役を手伝ってくれないかと相談していた。

――まさか即答《そくとう》で断られるなんて！

ガガーンとショックを受ける。肝試し？　面白《おもしろ》そう！　任せて！　という脳内シミュレーションは一瞬《いっしゅん》で崩れ落ちた。

しかし二人が断るのも無理はない。

「公爵家《こうしゃくけ》のご令嬢を驚かすなんて、命がいくつあっても足りません!!」

不敬罪で処罰《しょばつ》されてしまうと、ミナは震《ふる》えている。ナッツの方は、ちょっとばかり興味のありそうな表情をしているけれど。

「うぅ……でも、そうよね……。わかったわ。掃除《そうじ》の邪魔《じゃま》をしてごめんなさいね、二人とも」

「いえ……。ご協力できなくてすみません」

頭を下げるミナに、オリヴィアは「大丈夫よ」と告げてその場を後にした。


村を散歩していたアイシラは、ちょうど見つけた川辺で休憩《きゅうけい》することにした。大きめの石に腰《こし》をおろして、扇子《せんす》を使い夏の暑さを凌《しの》ぐ。

「暑いですね……。ハンカチをどうぞ、アイシラ様」

「ありがとう、カイル」

アイシラは額《ひたい》の汗《あせ》を拭《ふ》き、ふうと一息つく。

その横では、カイルがバスケットを出して昼食の準備をしてくれている。今日は気分転《てん》換《かん》もかねてピクニックだ。

「レヴィさんが用意してくれたんですよ。どれも美味しそうで……まるで料理人のような腕前《うでまえ》ですね」

「……本当に」

バスケットの中には、シンプルなサンドイッチからフルーツサンドまで用意されており、ほかにもチューリップ唐揚《からあ》げに卵焼き、ゆで卵やサラダなど……至《いた》れり尽《つ》くせりだ。

「私もこれくらいできるようになれたらいいのですが……」

しょんぼりするカイルに、アイシラは「いいえ！」とすぐに首を振る。

「カイルは今のままで十分やってくれていますから。調理は料理人に頼《たの》んで、自分の得意なことをしたらいいんです」

「アイシラ様……お優《やさ》しいお言葉をありがとうございます。私は執事《しつじ》なので、なんでもやれと命じていただいていいというのに……」

「いえ……」

感動してしまったカイルを見て、アイシラは少し申し訳なくなる。

というのも、その真意は料理なんて絶対にしないでほしい――というアイシラの切実な思いが込《こ》められているからだ。

「食事にしましょう、アイシラ様。果実水をご用意させていただきました」

「ありがとう」

この暑さで喉《のど》が渇《かわ》いていたので、アイシラはすぐに口をつけて――咳《せ》き込《こ》む。

「……っ、ごほ」

「アイシラ様⁉　大丈夫ですか⁉」

カイルは新しいハンカチを取り出して、すぐアイシラの口元に当てる。レヴィを見習いハンカチをたくさん持っていてよかった。

「いえ……カイル、なんの果実を入れたんですか？」

「え？」

アイシラの言葉に、カイルは目を瞬《しばたた》かせる。特にかわった果物を入れたりはしていないのだが……。

「何か苦手な果実が入っていまし――ああっ、梅が入っていました……‼」

「……そうですね」


――そう。

アイシラがカイルに料理をするなと言ったのは、ドジっ子が発動してどんなとんでも料理を作るのか未知数だからだ。

紅茶の砂糖と塩は一週間に一度は間違《まちが》えてしまうので、もうこれは直らないだろう……と、アイシラは受け入れている。

口の中の果物と梅のドジっ子なハーモニーを水で中和し、レヴィの料理で塗《ぬ》り替えほっと胸を撫《な》でおろした。

「申し訳ございません、アイシラ様。……せっかくオリヴィア様が誘《さそ》ってくださった避暑《ひしょ》だというのに、こんなミスを」

しょんぼりするカイルに、アイシラはもう一口水を飲んで優しく微笑《ほほえ》んだ。

「失敗は誰《だれ》にでもありますから、わたくしは気にしていませんよ。それよりも、カイルの元気がない方が嫌《いや》ですから」

だから気にしないで笑っていてくださいと、アイシラは「笑顔《えがお》です」とカイルの頬《ほお》へ触《ふ》れる。そのまま指を上に動かせば、笑顔のできあがりだ。

アイシラの優しい思いやりに、カイルが笑顔になる。

「ふっ、まさかアイシラ様に無理やり笑顔を作らされるとは思いませんでした」

そう言って笑うと、アイシラはハッとして口元を手で覆《おお》って赤くなる。今しがたしてしまった自分の行動が、大胆《だいたん》すぎたと自覚したようだ。

「すみません、わたくしったら……」

「い、いえ！」

赤くなったアイシラを見て、カイルもつられて顔が赤くなる。アイシラの反応を見て、自分の頬に触れられたのはすごいことだったと自覚してしまったのだ。

「………」

二人して、口にはできないがドキドキしてしまう。

カイルは何か話題はないだろうかと、周囲を見回す。この雰囲気《ふんいき》のままいるのは、なんとも居心地《いごこち》が悪い――というか、恥《は》ずかしい。

どうしようどうしようと焦《あせ》っていると、『アイシラだ！』という可愛い声が耳に届いた。

パシャンと水しぶきを上げて、川の中から海の妖精《ようせい》三人が飛びだしてきた。

ラピスラズリに住む海の妖精。

足の部分が魚のひれになっていて、水があるところなら自由に行き来することができる。

アイシラのことを祝福しており、幼いころからずっと仲良しだ。


「こんにちは、妖精たち」

『こんにちは～！』

妖精たちは嬉《うれ》しそうにアイシラのところへやってきた。

『こんなところで何してるの～？』

『遊ぶ？』

『たまには川もいいね！』

どうやら遊んでほしいらしい妖精に、アイシラはどうしたものか……と考える。

海の妖精と遊ぶといえば、一緒に泳ぐことだ。しかしそれは海でのことで、川で一緒に泳いだことなどないし、そもそも泳げるほど深くはないし水着もない。

――困ってしまったわ。

アイシラが悩《なや》んでいると、妖精が『美味しそう！』とレヴィの作った卵焼きをじっと見つめている。

「……食べますか？」

『いいの？　じゃあ、少しだけ！』

『嬉しいな～』

『アイシラとピクニックってやつだね』

妖精たちが手ごろな石を椅子《いす》にして座ったので、アイシラはリクエストのあった卵焼きをとりわけてあげた。

レヴィの作る玉子焼きは甘く作られていて、普段《ふだん》食事を必要としない妖精たちにはお菓子感覚で食べやすそうだとアイシラは思う。かくいうアイシラも、甘い玉子焼きが好きだ。

妖精が美味しそうに食べるのを見て、アイシラはほっとする。

――よかったわ。気に入ってくれたみたいね。

しかしそう思ったのも束《つか》の間《ま》で、食べ終えた妖精たちが『むう』と頬を膨《ふく》らませた。

『アイシラ、あの人と一緒なの？』

「あの人？」

ふいに告げられた言葉に、アイシラは首を傾げる。いったい誰のことを言っているのだろうと考え……ハッとする。

——そういえば、オリヴィア様は妖精たちに嫌《きら》われていたわ。

以前、まだ幼い頃《ころ》だが……アイシラがオリヴィアと妖精とみんなで遊ぼうとした際に、妖精がオリヴィアのことを嫌っていたのだ。

その際の妖精のなんとも言えない顔は、いまだに覚えている。

「オリヴィア様はわたくしにとってもよくしてくださる、大切な方なんです。お願いですから、そんな邪険《じゃけん》にしないでくださいませ」

『えー……』

しかし妖精全員からのブーイングである。

妖精の好意的な態度しか見たことのなかったカイルは、その様子を見てとても驚く。いつも楽しく海で遊んでいたのに……と。

「アイシラ様、これほど妖精に嫌われている人は初めてです。オリヴィア様はいったい何をしたんですか……？」

「……わかりません」

「ええっ」

オリヴィアは最初から理由なく嫌われていたのだ。しいて言えば悪役令嬢だからという理不尽極《りふじんきわ》まりない理由なのだが、それをアイシラとカイルが知ることはない。

『アイシラはぼくたちと一緒に遊べばいいよ～！』

『そうそう！』

『川で遊ぼうよ～！』

妖精たちはアイシラの手を取り、川に入ろうとはしゃぐ。オリヴィアのことは話題に出したくないのだということが、よくわかる。

「ごめんなさい、今日はドレスなので川で遊ぶのは無理なの」

アイシラが理由を告げると、とたんに妖精たちは悲しい顔をする。一緒に遊びたくて仕方がなかったようだ。

「えーっと、たまには陸の上で遊ぶのはどうかしら？　可愛いお花がたくさん咲《さ》いていますから」

アイシラが花を摘《つ》んで妖精の髪につけてあげると、『可愛い！』と笑顔になった。どうやらお花で遊ぶのでも問題はないようだ。

『可愛い～！　アイシラ、わたしにも！』

『アイシラのお花も探さなきゃ！』

「ありがとう」

——よかったわ。

それからしばらく川辺でピクニックを楽しみ、別荘へ戻った。


——夕方。

オリヴィアはレヴィと一緒に、アイシラとカイルを連れて森へやってきた。そう、今から『ドキッ！　急接近⁉　夜の肝試し★』が開催されるのだ。

陽が沈《しず》んだばかりでそこまで暗くはないのだが、すぐ星空になるだろう。

「それじゃあ、ルールを説明するわね」

「は、はい……！」

アイシラは不安そうにしながらも、しっかり返事をしてくれた。

ルールは簡単。

　二人一組で森の中の肝試しルートを通り、折り返し地点にある花の咲く木の根元を少し掘《ほ》って埋《う》めてある小瓶《こびん》を持って帰ってくるというもの。

　明かりはランタンのみで、地図が用意されている。

　特別難しいルールではないので、説明はすぐに終わった。

「レヴィ！」

「はい」

　オリヴィアの合図を聞いて、レヴィが細工済みの箱を持ってきた。中にペアを決めるためのくじが入っている。

「これでくじ引きをして、一緒に肝試しをするペアを決めます」

「なるほど……」

「さあ、どうぞアイシラ様」

　レヴィが箱を差し出すと、アイシラは思わず後ずさりした。が、この国に生涯を捧げると決めたのだから、これしきのことで逃《に》げてはいけない。そう決意し、くじを引く。

「ええと……指輪の絵ですね」

「アイシラ様は指輪ですね。箱には、クッキーと指輪の絵の紙が入っているんです」

　そう言いながら、オリヴィアもくじを引く。そこに描《えが》かれていたのはクッキーの絵。

「ということは、わたくしとオリヴィア様はペアではないということですね」

「そうなりますね。さ、カイル、レヴィ！　二人ともくじを引いてちょうだい」

「はい」

「は、はい！」

レヴィとカイルも無事にくじを引いて、ペアが決まった。


「それじゃあ、いってらっしゃい！」

「い、いってきます！」

「頑張《がんば》ります！」

計画通り、一番手はアイシラとカイルペアになった。

オリヴィアとレヴィは二人を見送り、十分後に自分たちも出発するという流れだ。もちろん出発はするのだが、それより先にやることがある。

「レヴィ、お願いするわ」

「お任せください、オリヴィア」

オリヴィアの命を受け、レヴィは森の中へ消える。

何をしにいったのかといえば――もちろん、アイシラとカイルを驚かせにいったのだ。

薄暗《うすぐら》い森の中を歩く。

虫や鳥などの声は聞こえるけれど、夜の森はアイシラの想像よりも静かなものだった。

だがそれでも、怖《こわ》くて体が震えてしまいそうだ。いや、実際のところアイシラの体はわずかに震えていた。

「カイル、道は合っていますか？」

「……はい。一本道なので、間違えることはないと思います」

お化けなんていないと頭ではわかっているのに、わずかに木の葉が揺《ゆ》れただけでもドキリとしてしまう。真夏なのに、心なしか肌寒さを覚える。

一歩一歩がひどく重くて、いつもより歩くのがゆっくりになってしまう。

「大丈夫です。アイシラ様のことは、何があっても守りますから！」

「ありがとう、カイル。頼もしいですね」

「はいっ！　こういうときは元気に進んだ方が気を紛らわせますし、いいと思います！」

びくびく歩いていたら、怖くないものまで怖くなってしまう。カイルはそんなことを言いながら怖さを振り払うように歩いていく。

しかしずんずん歩いていくカイルとは違《ちが》い、アイシラの足はまだ遅《おそ》いまま。二人の距離《きょり》が少し離《はな》れると、アイシラが小走りで追いつく。それを何度か繰《く》り返《かえ》したところで、どうしたものかと悩んだカイルがおずおずと手を差し出した。

「あの、さしつかえなければ……その、お手をどうぞ」

「——！」

思いがけない申し出に、アイシラはドキリとする。

「あ、その！　すみません。こんな場所ではぐれてしまっては危険ですから」

他意はないのですと、カイルが手を振った。

「調子に乗りすぎました……」

カイルが申し訳なさそうにすると、アイシラはくすりと笑ってその手を取った。驚いてしまっただけで、別に嫌だと思ったわけではないのだ。

握ったカイルの手は、緊張《きんちょう》のため冷たくなっていた。

「アイシラ様の手、温かいですね」

「……っ！」

そう言ってカイルが微笑むのを見て、アイシラは一瞬で顔が赤くなる。ただ手を取っただけなのに、こんなに恥ずかしいと思ってしまうなんて。

黙《だま》って俯いてしまったアイシラを、カイルが不思議そうに首を傾げ覗《のぞ》き込んで――自分がとんでもないことを口走ってしまったことに気づく。

「……っ、すみませんアイシラ様！　その、私は……」

アイシラにつられて、カイルも顔を赤くする。互《たが》いに相手のことを意識して、固まってしまったようだ。

なんとか言葉を絞《しぼ》り出《だ》したのは、アイシラだ。

「……いえ。行きましょうか、カイル」

「は、はい！」

互いに頷き、ぎこちなく歩き出す。すると……。

――ぺちょり。

水気のあるぷるんとしたものが突然《とつぜん》カイルの頬に触れた。

「うわあぁぁっ！」

「きゃあっ、何⁉」

カイルが思わず悲鳴を上げると、それにつられてアイシラも涙目《なみだめ》になる。後ろに下がって、何が起きたのかと周囲を見回す。

「あ、ああ、あ、あああアイシラ様は私が守――ん？」

「か、カイル……？」

頼もしいカイルの言葉に、疑問符《ぎもんふ》がついた。

目の前に縄で吊《つ》るされているそれを発見して、自分の頬に当たったものの正体がわかり、冷静になれたからだ。

「これ……なんでしょう？」

平常心のカイルの声を聞き、アイシラもそれ――こんにゃくを見た。

「初めて見る形状ですね」

アイシラもカイルもこんにゃくを見たのは初めてで、わずかに焦っている。けれど冷静でいられたのは、縄がついていてこれが人為的《じんいてき》なものだとわかるからだ。

「これがオリヴィア様の肝試し……ということでしょうか？　わかってしまえばいいですが、初見では心臓に悪すぎます」

カイルは「はーはー」と浅い呼吸を繰り返し、最後に大きく息をつく。どうにかしてアイシラを庇《かば》う形で前には立てたが、内心ではかなりびびっていた。

「確かに、この感触《かんしょく》はびっくりしてしまいますね……何に使うものなんでしょう？　ふふ、あとでオリヴィア様に聞いてみましょう」

「そうですね。……でも、今ので緊張がちょっと和《やわ》らいだ気がします。なんだかんだ言っても、全部人の手で用意されたものですからね！」

「ええ。最後まで頑張りましょう」

アイシラとカイルは顔を見合わせて笑い、森の奥へ進んだ。


アイシラとカイルのあとをこっそりつける人影《ひとかげ》が二つ。

「はあぁぁっ、かなりいい感じね！」

スタートしたときはビクビク歩いていた二人だったけれど、今では笑顔で雑談しながら歩いている。

ほら、耳を澄《す》ますとアイシラとカイルのときめきの会話が……。

「カイル、ランタンか地図のどちらかはわたくしが持ちます」

「いえ、アイシラ様に持たせるなんてとんでもありません！」

二人で分担しようというアイシラの申し出に、カイルが高速で首を振っている。執事たる者、自分の仕える主人に荷物を持たせるなど言語道断だ。

けれど、アイシラは不満顔。

「オリヴィア様が企画《きかく》してくださった催《もよお》しですから、わたくしも楽しみたいのです」

「う……それは、そうですが……うぅん……」

どうするのが正解なのだろうと、カイルは悩む。

つい先日までアクアスティードのことでずっと気落ちしていたのだから、あまり無理をしてほしくはない。

けれどその反面、肝試しに積極的に参加してリフレッシュしてほしいとも思う。

カイルは悩みに悩んだ末、「決めました！」と二つのうち一つをアイシラに差し出した。

「……では、地図をお願いします」

「ええ！」

アイシラは花がほころんだような笑顔で地図を受け取った。

「はぁ、はぁ、はぁ、可愛いわ！　アイシラ様!!　カイルとの胸キュンな会話……!!　レヴィ、聞いた!?」

「はい」

レヴィは返事をしつつ、オリヴィアの鼻にハンカチを当てる。一瞬で赤く染まったので、アイシラとカイルの仲睦《なかむつ》まじい姿はかなり刺激的《しげきてき》だったようだ。

たったこれだけで鼻血が溢《あふ》れるのだから、二人が結ばれたらいったいどうなってしまう

のだろうか。考えるだけでも恐《おそ》ろしい。

「んん、さすがにデートを見るのは破壊力《はかいりょく》が強いわね！」

鼻息を荒《あら》くしているオリヴィアだが、レヴィは冷静にこれ以上あとを追うと危険なのでは？　と考える。

次に用意しているイベントは、火の玉が揺れているように見える蝋燭《ろうそく》の仕掛《しか》けに、低い音階を奏《かな》でるオルゴールに、人形《ひとがた》にくりぬいた板を遠目に設置しているというものだ。恐《こわ》がりのアイシラとカイルのことだから、二人で悲鳴を上げて抱《だ》き合《あ》ったり、吊り橋効果も合わさって恋《こい》が加速してしまう可能性がある。

そんなことになれば、オリヴィアは失血死を免《まぬか》れない。

レヴィがさてどうしたものかと考えていると、少しわき道にそれた岩壁《がんぺき》に小さな洞窟《どうくつ》があることに気づいた。

しかしここには何度も足を運んでいるが、あんなところに洞窟はなかったはずだ。レヴィが首を傾げていると、オリヴィアが「洞窟!?」と発見してしまった。

岩壁に亀裂《きれつ》が入ったような形でできている、人ひとりが通れる程度の洞窟。中は深くなっているのか、暗闇《くらやみ》で先を見通すことはできない。ごつごつした岩には鉱石もまじっているようで、かなりの硬《かた》さだ。

「夏、学校行事でキャンプに来た両片思いのクラスメイト……。薪《たきぎ》にするための木の枝を拾いに来たら道に迷って暗くなり、偶然《ぐうぜん》見つけた洞窟で夜を明かす……イイ」

乙女《おとめ》ゲームであればそんなイベントがあってもおかしくないのだが、残念ながらピノ村周辺でイベントは起きない。

「オリヴィア、あの洞窟は危険です。近づかない方がいいかと」

「え？　そう、レヴィがそう言うなら——」

近づかないようにしよう……オリヴィアはそう言おうとしたのだが、『助けて～』というか細い声が聞こえてきた。

洞窟の中から響《ひび》いてきているようだ。

「待って……あれは海の妖精の声じゃない⁉　わたくしが聞き間違えるはずはないわ‼」

「……罠《わな》では」

レヴィはオリヴィアが妖精に嫌われていることを知っているので、安易に進むべきではないと考えた。

「確かに不自然ではあるわね。でも、罠ではないかもしれないわ！　もしそうだったら大変だから、助けにいくわよ！」

「——はい」

オリヴィアとレヴィは肝試しルートから外れて、洞窟へ行った。

ランタンと星空の明かりを頼《たよ》りに、アイシラとカイルは肝試しの折り返し地点までやってきた。怖いということを理由にして、その手は繋《つな》いだままだ。

花の咲いたこの木の下に、小瓶が埋められている。それを掘り出して、来た道を戻れば、肝試しクリアだ。

「掘ってみましょう」

「はい」

アイシラとカイルがスコップを使って土を掘り返すと、三十センチメートルほどの深さのところに小瓶が埋まっていた。

中には花が入っていて、観賞用として部屋に飾《かざ》ったらとても華《はな》やかになりそうだ。

「ふー。よかった、無事に見つけられましたね。死体が埋まっていたらどうしようとか思っちゃいましたよ」

「……っ！　こ、怖いことを言わないでください、カイル……」

「あぁっ、すみません……」

オリヴィアが話していた怖い話は、アイシラとカイルの耳に残っている。

もちろん子どもを躾《しつ》けるための作り話なのだろうが、怖いものは怖いのだから仕方がない。暗い森の中というシチュエーションも、怖さを倍増させている。

こういう場合は、さっさと戻った方がいい。

「カイル、急いで別荘へ戻りましょう」

「それがいいですね。きっと、帰り道はこちらに向かっているオリヴィア様とすれ違いますから」

「それもそうですね！」

オリヴィアとレヴィに会うことができたら怖さも吹《ふ》っ飛《と》びそうだと、アイシラは少しだけ足取りが軽くなった。

のだが——オリヴィアとすれ違わないままスタート地点に戻ってきてしまった。

「あら……？」

「どういうことでしょう？」

アイシラたちは無事に折り返し地点に着いたので、道を間違えたということは考えにくい。それに、簡易的にではあるが歩きやすいように道が整えられていた。

「オリヴィア様とレヴィが道を間違える……ということは……」

「ないと思います……。お二人が作ってくださったルートでしょうし」

「そうよね」

スタート地点の明かりなどもそのままなので、別荘に戻ったということも考えにくい。かといって、先に戻るわけにも……。

「夜の森で何かあったら大変なので、少しだけ様子を見に行きましょう。もしかしたら、戻ってきている最中かもしれませんし」

「そ、そうですね……。会えなければ、別荘へ確認に戻りましょう」

「ええ」

怖いからあまり戻りたくないと思いつつも、カイルはアイシラを守るんだと自分に言い聞かせて頷いた。


オリヴィアは洞窟を覗き込むと、「妖精さ～ん！」と腹から叫《さけ》ぶ。

もしピンチであれば、すぐにでも助けなければ。レヴィの「慎重《しんちょう》に」という言葉も忘れ、オリヴィアは恐れることなくどんどん奥へ行く。

洞窟の入り口付近は狭《せま》かったが、すぐに二メートルほどの高さまで広くなった。固い岩肌はひんやりしていて夏の暑さに心地《ここち》よい涼《すず》しさだ。

思ったほど地形が悪くないことにほっとしていると、先ほどの声が聞こえてきた。


『落ちちゃうよ～』


「妖精の声……あっちね」

オリヴィアが声のする方へ行くと、崖になった場所があった。覗いてみるとその高さは十メートルほどで、その中腹に海の妖精がしがみついているではないか。

「大変だわ！　すぐに助けなきゃ‼」

「オリヴィア、危ないです！」

急いで崖《がけ》から降りようとしたオリヴィアを、レヴィが慌てて止める。いくら妖精を助けるためとはいえ、この崖を下りるのは無謀《むぼう》だ。

「私が助けますから、オリヴィアはここで待っていてください」

「レヴィ……でも、すごく高いわよ？」

「その言葉はそのままお返しします」

そのすごく高いところを下りようとしていたのはいったい誰か。

レヴィは周囲を警戒《けいかい》しつつも、岩肌を巧みに摑《つか》みながらするすると下っていく。その姿はまるで忍者《にんじゃ》のようだ。

オリヴィアはその場にしゃがんで、さっそうと下りていくレヴィに黄色い声援《せいえん》を送る。

「わあぁっ、レヴィすごいわ！」

これなら妖精も無事に助けることができるだろう。オリヴィアがそう安堵《あんど》した瞬間《しゅんかん》、楽しそうな妖精の笑い声が耳に届いた。そこには、崖を下りているレヴィを見ている妖精たちの姿があった。

――なんだ、妖精のいたずらだったのね。

崖の中腹にいた妖精も、助けてくれという演技だろう。どこにもピンチな妖精がいなくてよかったと、オリヴィアは心の底から安堵した。

妖精たちはレヴィを見て、『楽勝すぎたみたい……』と肩をすくめる。しかし崖から身を乗り出すように見ていた妖精が、『あ』とバランスを崩してしまった。

「え⁉」

『うわああっ！』

崖から落ちた妖精を見て、オリヴィアは助けなければと自分も崖から飛び下りた。しかしオリヴィアが助けるよりも先に、妖精は魔法を使いでっぱっている岩の上に無事着地した。

──はぁ、よかったわ！

妖精の無事を確認し、オリヴィアは胸を撫で下ろした。しかしほっとしてばかりではいられない。

このままでは、崖下に打ちつけられ死んでしまう。そのとき、自分を呼ぶ声が聞こえてきた。

「──っ、オリヴィア！」

「レヴィっ！」

レヴィが落下してきたオリヴィアを受け止め、壁《かべ》から突《つ》き出《で》ていた岩を掴む……が、重さに耐《た》えられず外れてしまった。

──いけない、このままじゃ死ぬわ‼

崖の高さは建物で換算《かんさん》すると三階程度。運がよければ助かるかもしれないが、こんな岩だらけの地面ではまず助からないだろう。

でもレヴィだけは助かりそうだと、オリヴィアはくすりと笑ってしまった。

──せめてエンディングを迎《むか》えてから死にたかったわ。

祈《いの》るような気持ちで落下したオリヴィアだったが、思っていた衝撃はこなかった。

「あら……？」

「大丈夫ですか？　オリヴィア」

そのまま地面に叩《たた》きつけられたが、レヴィが受け身を取りつつ庇ってくれたようでオリヴィアには傷一つない。

「レヴィ⁉　あなたこそ大丈夫なの⁉　あんなに高いところから落ちたのに……っ！」

「鍛《きた》えていますから、あの程度でしたら問題ありません」

「え……」

レヴィは背中から落ちたようだが意識ははっきりしているし、すぐに立ち上がって見せた。足を引きずっているような様子もない。

──え、本当に大丈夫なの？

「心配かけないように、嘘《うそ》をついているとか……」

「いいえ？」

なんなら確かめますか？　とレヴィが腕を広げたので、それなら遠慮《えんりょ》なくとオリヴィアは服の上からたくましい体に触れていく。

……ぺたぺたぺた。

「どこにも怪我《けが》がないわ！」

「そう言いましたよ？」

オリヴィアは若干困惑《じゃっかんこんわく》したが、レヴィだものねと自分を納得《なっとく》させることにした。

「だけど、わたくしのせいでレヴィを危険な目に遭《あ》わせてしまったことに変わりはないわ。ごめんなさい……わたくしが後先を考えなかったせいで」

俯いて謝るオリヴィアに、レヴィは「いいえ」と首を振る。

「私はオリヴィアの執事ですから、オリヴィアが望むことはすべて叶《かな》えるのが役目であり――私だけの特権です」

これは誰にも譲《ゆず》りませんと、レヴィが笑顔を見せる。

そんなことを言われてしまっては、めそめそ謝罪をする方がレヴィのプライドを傷つけてしまいそうだ。

オリヴィアは苦笑《くしょう》しつつも、レヴィの頬にそっと触れる。

「レヴィ、助けてくれてありがとう」

お礼を言うと、レヴィは嬉しそうに目を細めた。


気付くと妖精はいなくなっていた。

「まさかこんな展開になるなんて、いったい誰が予想したかしら」

「一応こんなときのために、非常食などは持っています」

「予想していたわ……」

肝試しをする際、遭難《そうなん》を視野に入れて準備をする執事などいったいどこにいるだろうか。ここにいた。

――なんなら、温かいスープとかも出てきそうだわ。

そんなことも思ってしまう。

「引き返すのは難しそうだし、進んでみるしかなさそうね」

「そうですね。……ですが、いたずらしてきた海の妖精たちを叱《しか》らなくていいのですか？」

レヴィが崖の上を睨《にら》んでいるが、オリヴィアは別に気にしてはいない。

「いいのよ。だってわたくしは妖精に嫌われている悪役令嬢だもの」

「……つまりそれは、妖精は自分の役割を果たしていてグッジョブということでしょうか？」

「その通りよ！」

オリヴィアが「よくわかっているわね！」と誇《ほこ》らしげに告げる。

どうやら自分が遭難することよりも、ゲーム的に上手《うま》く進んでいるかどうかの方がオリヴィアにとって大事なようだ。

落ちた崖下《がけした》は、広い空間だった。

ランタンの光があるだけなので詳細《しょうさい》はわからないが、天井《てんじょう》は高く、横幅《よこはば》も大人数人が通れるほどの余裕《よゆう》があった。

岩は触《さわ》ると湿《しめ》っていて、夏だけれどわずかに肌寒さを感じる。向かう先に光がないので、この洞窟の規模はわからない。

レヴィは「頑張って出口を目指すわ！」と意気込んでいるオリヴィアを横目で見ながら、自分たちの状況《じょうきょう》を考える。

――洞窟の入り口と、中に入ってから歩いた歩数でだいたいの位置は割り出せますね。自分の歩幅《ほはば》が何センチメートルかは把握《はあく》しているので、地下の洞窟とはいえ迷子になることはないだろう。

問題があるとすれば、オリヴィアの体力だろうか。

すでに夜なので、しばらくしたら眠気《ねむけ》も襲《おそ》ってくるだろう。毛布か何かがあればよかったのだが、あいにく持ち合わせていない。

「レヴィ、早く行きましょう。帰りが遅くなったら、アイシラ様たちが心配してしまうわ」

「……はい」

オリヴィアに危険が及《およ》ばぬよう、レヴィは慎重に歩き始めた。

♥第五章　吊り橋効果のドキドキ？

オリヴィアが企画《きかく》した『ドキッ！　急接近⁉　夜の肝試《きもだめ》し★』は、無事にアイシラとカイルの距離《きょり》を縮めることができた。
しかし――まったく違《ちが》う方向から、オリヴィアとレヴィにも試練が襲《おそ》いかかっていた。

ひゅおぉぉ～と、おどろおどろしい音が耳に届く。

洞窟《どうくつ》の隙間《すきま》を通ってくる風の音だということはわかるのだが、どうにも緊張《きんちょう》してしまう。天井《てんじょう》までは数メートルあり、横幅《よこはば》も広いためオリヴィアとレヴィが並んで歩いても問題はない。けれど地面はゴツゴツした岩で歩きづらい。

オリヴィアは唾《つば》を飲み、深呼吸して気持ちを落ち着かせる。

「なかなか出口が見つからないわね……あとどれくらいかわかればいいのだけど」

「そうですね。ただ、ここは地図に載《の》ってはいない洞窟なので……どの程度の広さかは予測がつきづらいですね」

奥に続く道は光が見えず、出口までの距離は測れそうにない。

海の妖精《ようせい》のいたずら……というか意地悪なので仕方がないが、オリヴィアは緊張と同時にわくわくした気持ちもあった。


――地図にも載っていない、妖精しか知らない洞窟‼


もしかしたら大発見があるかもしれない。

洞窟から脱出《だっしゅつ》することができたら、きちんと地図にして別荘《べっそう》の図書室に並べようと頬《ほお》を緩《ゆる》める。マリンフォレストの情報が増えることは、とても嬉《うれ》しい。

「これなら、わたくしの夢――『ラピスラズリの指輪大全』を完成させることができるかもしれないわっ！」

夢を語るオリヴィアを見て、レヴィは「初耳です」と目を瞬《しばたた》かせる。オリヴィアはいつも独り言で口にしてしまうのに、そんな野望があったとは。

驚《おどろ》くレヴィに、オリヴィアは頬を染める。

「だって……ラピスラズリの指輪大全なんて大それたこと、そう簡単に口にはできないわ。わたくしごときがおこがましいじゃない……？」

「オリヴィア以上に大全を作るにふさわしい人はいません」

おずおずと告げるオリヴィアに対し、レヴィはきっぱりと即答《そくとう》した。オリヴィア以外にそんな偉業《いぎょう》を成《な》し遂《と》げられる人物がいるだろうか？　いるわけがない——と！

「レヴィ……」

ローズレッドの瞳《ひとみ》で見つめてくるレヴィは、本気でそう思っているようだ。オリヴィアならば、成し得るだろうと。

「ふふっ、ありがとう。頑張《がんば》らないといけないわね！」

オリヴィアはレヴィの言葉でやる気がみなぎってきたようで、ふんすと気合を入れる。

まずはマリンフォレスト、そして次にラピスラズリ。隅々《すみずみ》まで見て触《さわ》って堪能《たんのう》して、誰《だれ》よりもこの世界に詳《くわ》しくなってやるのだ。


しかし何よりもまずは、この洞窟から脱出しなければならない。ということで、オリヴィアとレヴィは歩き始めた。

「マッピングしながら進みたいけど、道具がないから難しいわね」

そもそも明かりがレヴィの持つランタンのみなので、道具があったとしても地図を作製しながら進むのは難しいだろう。

が、そこは優秀《ゆうしゅう》なレヴィの出番だ。

「わき道は難しいですが、通った地形ならすべて覚えています」

「さすがだわ……！」

もはやなんでもありのレヴィに感謝し、オリヴィアは別荘へ戻《もど》ったらすぐにでも取りかかりたいとるんるん気分になる。

「ふっふふっふ～ん♪」

そのままテンションを上げて、主題歌を口ずさみながらオリヴィアがスキップをしようとして――つまずいた。

「あっ」

「オリヴィア！」

しかしオリヴィアが転ぶよりも先に、レヴィがその身を受け止める。

「大丈夫《だいじょうぶ》ですか？」

「……ええ。ごめんなさい、わたくしったら。こんなところで浮《う》かれていたら、転ぶに決まっているわね」

でこぼこ地面の洞窟の中なので、普通《ふつう》に歩くだけでも大変なのに。

「もう大丈夫よ、レヴィ」

「はい」

オリヴィアはレヴィから離《はな》れて、ふうと息をはく。

――びっっっくりした……。

いつもは何も感じたりしないのに、不意打ちだったからだろうか。レヴィに抱《だ》きとめられて、ドキッとしてしまった。

別にレヴィは転びそうになった自分を助けてくれただけで、それ以上でもそれ以下でもないのに。

「オリヴィア、お手を」

「……ありがとう」

転ばないようにと、レヴィが手を差し出してくれた。

オリヴィアは素直《すなお》に手を取り、再び歩き出す。

手に汗《あせ》をかいてないだろうかと気になったが、でこぼこ道は歩いているだけでもふらつくことが多い。さらには暗さで足元もよく見えないのだから。

――素直に従った方がいいわね。

「…………」

無言で歩いていて、オリヴィアはハッとする。

――今の状況《じょうきょう》、もしやお約束シチュでは⁉

アイシラとカイルに体験してもらいたかったことを、自分がレヴィと実行してしまっている。なんということか。

「わたくし、自分だけがこんな美味《おい》しい思いをして……悪役令嬢《れいじょう》失格だわ！」

これではまるでヒロインではないか！

「立派な悪役令嬢になるつもりだったのに」

ポケットからハンカチを取り出して、くぅ〜っと噛《か》みしめる。できればこのシーンはアイシラとカイルで見たかった！


悔《くや》しがっている主人を見て、レヴィはくすりと笑う。

この暗い洞窟に閉じ込められるような形になって不安がるのではないかと思ったけれど、そうはならないようでよかった――と。

――さすがはオリヴィアですね。

「ですが、もしこの状況になったのがアイシラ様とカイルだったとしたら……無事に、帰ってこられたでしょうか？」

「それは――……む、難しいかもしれないわ」

アイシラは箱入りの令嬢だし、カイルはドジっ子執事《しつじ》。

とてもではないが、あの二人がこの状況下で冷静に判断して脱出できるとは思えない。

サバイバル能力だってなさそうだ。

オリヴィアも今一緒《いっしょ》にいるのが自分だからいいものの、もし相手がカイルだったらとんでもないことになっていただろう。

——間違《まちが》いなく、正解とは逆の道を選んで進みそうです。

同じ執事であるカイルに対するレヴィの評価は辛辣《しんらつ》だ。

「さあ、先を急ぎましょう」

「ええ」

もう少し進んだら休憩《きゅうけい》にして、何か温かいスープを作ろうとレヴィは考える。このまずっと歩いていては、オリヴィアの体力はあっという間になくなってしまうだろう。

ただでさえ鼻血のせいで貧血《ひんけつ》気味だというのに。

——この洞窟は、おそらく地下道……。上手《うま》くいけば、村長の家——は無理でも、ピノ村のどこかに繋《つな》がっている可能性はある。

要は、緊急時《きんきゅうじ》の脱出経路だ。

——足場の悪さを考えると、村までは一時間ほどかかるでしょうか。

オリヴィアは気丈《きじょう》にしているけれど、体力もいつまで持つかわからない。無理をせず、岩陰《いわかげ》などで朝までじっとしていた方がいいかもしれない。

幸いなのは水が豊富ということだろうか。ところどころ岩の隙間を水が流れているので、地下水脈があるのだろう。

体力のあまりないオリヴィアがはぁはぁ息をしつつ懸命《けんめい》に歩いていると、ふいにぱしゃんとしぶきの上がる音がした。

「――！　何かしら」

「地下水脈があるようですし、魚ではないですか？」

「魚……」

レヴィの言葉になるほど確かにと頷《うなず》くも、何かすごい生物でもいたらよかったのに……と、オリヴィアは考える。

――たとえばネッシーが住んでいる、とか！

ネッシーを従えたら、悪役令嬢にすごみがでるかもしれない。なんてことを考えていると、『ららら～♪』と歌声が聞こえてきた。

「え……」

思わずレヴィと顔を見合わせる。

――こんな真っ暗な洞窟に、人がいる⁉

遭難者《そうなんしゃ》？　いや、村では別に騒《さわ》ぎになっていなかった。それに、歌声の主はパニックに陥《おちい》っているような感じもなく冷静だ。

歌声はすぐ目の前の道を右に曲がったあたりから聞こえてくる。

「レヴィ、行ってみましょう」

「はい。危険かもしれませんので、私の後ろにいてください」

「わかったわ」

約束して、オリヴィアとレヴィは岩陰からそっと歌声のする方を覗《のぞ》き込《こ》んでみる。

そこは広い空洞《くうどう》になっていて、天井に小さな穴が空《あ》き外の光が入ってきている場所だった。わずかな月明かりだが、洞窟の壁《かべ》からむき出しになったいくつかの鉱石がその光を反射している。

中央から奥は水がたまっていて、ちょうど光のあたる場所に大きな岩があり、そこに小さな影《かげ》があった。

そう——幻想的《げんそうてき》な空気の中でうたっていたのは、海の妖精だった。

「——……」

「……っ、オリヴィア！」

あまりにも神秘的なその光景に、音もなく——オリヴィアの鼻から血が溢《あふ》れ出《で》た。まるで天啓《てんけい》でも受けたかのように……。

レヴィはハンカチがギリギリ間に合ったことに安堵《あんど》して、ほっと胸を撫《な》でおろす。オリ

ヴィアのためにハンカチを出す役目は、執事のプライドにかけて絶対に失敗はできない。

「……レヴィ」

「はい」

「わたくし、絵画を見ているみたいだわ。とても素敵《すてき》」

海に出た男が人魚の歌声に惑《まど》わされる——なんていう話も聞くけれど、ああ、確かにこれは惑わされてしまうとオリヴィアは肌《はだ》で感じた。

——むしろ惑わされたい。

とさえ、思ってしまう。


しばらく海の妖精を観察していると、歌が止《や》んだ。

「とっても素敵だったわ……！」

「オリヴィア⁉」

パチパチパチパチパチと、つい条件反射で盛大《せいだい》な拍手《はくしゅ》を送ってしまい——オリヴィアはしまったと固まる。

「だだだ、だって、とっても素敵な歌だったから……！」

どうしても感動したこの気持ちを伝えたかったのだ。伝えないなんてそんなこと、できるわけがない。

オリヴィアが仕方なかったのだと言い訳をしていると、鈴《すず》のように可愛《かわい》らしい声が耳に届いた。

『……だぁれ？』

「ふううぅうっ、妖精さんがわたくしに話しかけてくれたわっ!!」

「おめでとうございます」

パチパチパチパチと、今度はレヴィがオリヴィアに盛大な拍手を送る。

「ありがとう、ありがとう……！」

『………』

オリヴィアとレヴィのやり取りを見ていた妖精は、変な人に声をかけてしまったかもしれないと、戸惑《とまど》いを覚える。

「あっ、ごめんなさい妖精さん。驚かせてしまったわね。わたくしはオリヴィア・アリアーデルよ」

「執事のレヴィです」

『……どうも』

海の妖精は淡々《たんたん》とした声で返事をし、ぺこりと頭を下げた。オリヴィアに対して無表情になることも、逃《に》げようともしない。

――すごいわ、わたくしの特技は妖精に一瞬《いっしゅん》で嫌《きら》われることなのに！

感激して再び鼻血が溢れてしまいそうだ。

『ねぇねぇ、あなたたち、いったいどこから来たの？』

「ええと、向こうの高い崖《がけ》から落ちてしまったの。それで、出口を探しながら歩いていたらここに辿《たど》り着《つ》いて……」

オリヴィアが自身の興奮を抑《おさ》えつつ妖精の問いかけに答えると、崖になっている急斜《きゅうしゃ》面《めん》のことは知っていたようで『あの高い場所ね……』とがっくりうなだれられてしまった。

「あわわわ、ごめんない役に立たなくて……！」

妖精を落胆《らくたん》させてしまったと、オリヴィアは焦《あせ》る。どうにか妖精に元気になってもらおうと、変顔をしてみたりしたけど力ない笑顔《えがお》を向けられてしまった。

——わたくし、無力だわ……!!

妖精に続きしょんぼりしてしまったオリヴィアの代わりに、今度はレヴィが妖精へ声をかける。

「すみません、外へ出る道をご存じでしたら教えてはいただけませんか？」

『外へ？』

妖精は小さくため息をついた後、『無理よ』と首を振《ふ》る。

『この洞窟は、ああやって天井に穴が開いている場所はあるけれど……出入口として外へ繋がっているところはないの』

光が差す自分の頭上を指さして、だから道を教えることはできないと妖精が言う。

「そんな……」

それでは落ちた場所まで戻り、どうにか崖をよじ登るしかないのだろうかとオリヴィアはガッカリする。

「妖精さんはどうやって——ああ、海の妖精は水のあるところなら、どこでも行き来ができるんだったわね」

もし同じように遭難しているのであれば助けなければと思ったが、その必要はなさそうだ。

しかしオリヴィアの言葉に、妖精がぶわぁぁっと涙《なみだ》ぐんだ。その涙を見て、オリヴィアは焦る。

「どうしたの？　わたくし何か不安にさせるようなことをしてしまったかしらっ⁉」

『…………』

オリヴィアは慌《あわ》てるが、妖精は何も言わず俯《うつむ》いてしまった。

——どういうことなの～⁉

考えろ考えろと、オリヴィアは頭をフル回転させる。

妖精はどうして涙ぐんでしまった？　どこへでも行き来できる力がある——そう言った途端《とたん》だったはずだ。

──つまり、この妖精は水を使って自由に行き来することができない？

だとしたらオリヴィアの言葉で傷ついてしまう気持ちもわかる。普通はできるだろうことを、自分はできないと認めなければならないのはとても辛《つら》いことだ。

──外へ出る道もなく、水を移動することもできず──え？

そこまで考え、オリヴィアの脳裏《のうり》にとある可能性が浮かぶ。それは、ピノ村の子どもたちに聞いた怪談《かいだん》だ。

──確か、土の下から『助けて』という声が聞こえてきたり、歌が聞こえてくることもあると言っていたはずだ。

苺《いちご》畑の下に埋《う》まった死体が発しているのだろうと怖《こわ》がられていたけれど、もしかしたらあの怪談は元となった出来事があったのかもしれない。

となると、目の前にいるこの妖精は──……

「もしかしてあなた、ずっと一人で……ここにいたの？」

オリヴィアが一歩前に出てそう問いかけると、妖精は肩《かた》を揺《ゆ》らした。それが肯定《こうてい》を意味することは、あきらかだ。

「……出口がないということを知っているのは、さんざん歩き回ったからでしょうか？」

レヴィも自分の考えを口にして、「それなら説得力もありますね」と言う。

――って、さすがにその考えは飛躍《ひやく》しすぎ……だと、思いたい……のだけれど……。

しかし妖精は表情を歪《ゆが》めつつも頷いた。どうやら、本当にずっと一人でここにいたようだ。

外に出たいと懸命に洞窟の中を歩き回り、けれどついに道を見つけることは叶《かな》わなかった。そのためずっと、一人でここにいた。

先ほどオリヴィアが崖から落ちて出口を探していると伝えたときに落胆したのも、自分を助けにきてくれたり、ここから出る方法を知っているかもしれないと考えたからだろう。

「…………」

『…………』

三人の間に、なんともいえない沈黙《ちんもく》が落ちる。

数分ののちに、沈黙を破ったのはレヴィだ。

「……ひとまず、休憩にいたしましょう」

「え……そ、そうね！　疲《つか》れていると、いい案も浮かばないもの」

ナイス判断よ！　と、オリヴィアはグッと親指を立ててレヴィを見る。実はオリヴィアも足がくたくたになっていた。

「こちらにおかけください、オリヴィア。妖精もどうぞ」

「ありがとう」

『……わかったわ』

レヴィが岩の上にハンカチを敷《し》いてくれたので、オリヴィアと妖精はそこに座った。

しばらくすると、いい匂《にお》いがオリヴィアの鼻に届いた。

見るとレヴィが鍋《なべ》に火をかけて、スープを作っているようだ。その横にはベーコンとパンも用意されている。

――レヴィの懐《ふところ》に入っているのは武器だけだと思っていたけれど、なんでもありなの？

食料に鍋に武器に――大量のハンカチ。

それがオリヴィアの知る限りのレヴィの持ちものだ。

『それ、料理っていうのよね』

「そうです。博識なのですね」

レヴィが頷くと、妖精は『それくらい知っているわ！』と頬を膨《ふく》らめる。どうやら馬鹿にされたと思ってしまったらしい。

「妖精さん、レヴィの料理はとっても美味しいんですよ。一緒に食べましょう？」

オリヴィアが勧《すす》めてみると、妖精はぱぁっと表情を明るくさせて、『しかたないわね！』

と嬉しそうにする。

――ツンデレだわ！　こんなところに貴重なツンデレがいるなんて!!

手を合わせ、オリヴィアをここに導いた神に祈《いの》りたい。導いたというか落ちたことは海の妖精のせいだけれど。

レヴィの料理が完成したので、三人で手を合わせた。

「いただきます」

『いただきますっ！』

まっさきにスープを口にしたのは、海の妖精だ。冷まさなかったせいで火傷《やけど》をしそうになっていたけれど、水を出して口の中を冷やしている。

『熱い……でも、美味しいわね！』

妖精はにっこり笑って、料理を食べ進めていく。

オリヴィアもお腹《なか》がきゅるると音を立ててしまったので、慌てて口に含《ふく》む。疲れ果《は》てた体に、レヴィの優《やさ》しい料理が染《し》み渡《わた》る。

「はぁ、美味しい！　さすがレヴィだわ」

「ありがとうございます」

暗い洞窟の中だけれど、どうにかゆっくり食事をとることができた。

しかし、いつもより夜更《よふ》かしをして午前中はゆっくりすごし、肝試しにはしゃぎ、不慣れな洞窟を歩き、鼻血を出し——正直、オリヴィアは限界を迎《むか》えてしまったようだ。

食事を終えるとすぐ充電《じゅうでん》が切れたようにうとうとし始めてしまい、レヴィがその体をそっと座っている自身の膝《ひざ》の上で横抱きにした。

オリヴィアの美しいローズレッドの髪《かみ》が地面に着かないよう整え、宝物のように抱きしめる。

それを見た妖精は、くすりと笑う。

『あなたたち、恋人《こいびと》同士なの？』

「まさか。私では、オリヴィアに相応《ふさわ》しくありませんから」

『……とてつもなく自己評価が低いことはわかったわ』

「いいえ。私のすべてはオリヴィアあってこそですから」

確かにレヴィはオリヴィアを慕《した》っているが、それに答えは求めていない——というか、答えなど最初から決まっている。

レヴィの気持ちを何か感じとったのか、妖精は『それでいいの？』と寂《さび》しそうに言う。

「それが、いいのです」

『そうなの。人間の男って、馬鹿だなっていつも思うわ』

呆《あき》れた様子の妖精に、レヴィはくすりと笑う。

「ええ、人間の男とは馬鹿な生き物です。私はオリヴィアが気高く幸せにいてくれさえすれば、それでいいのです」

この身が滅《ほろ》びるようなことになったとしても、その決意は覆《くつがえ》らない。

「……人間の男を嫌うのは、海の妖精王のことがあったからですか？」

『――！　そうね。海の妖精王は人間の男に捨てられ、私も……』

そこまで言って、妖精は口を閉《と》ざす。

どうやら、この洞窟にいることは人間の男が何か関わっているのかもしれない。そうだとしたら、オリヴィアは絶対に助けると言うだろう。

「海に帰りたいとは思わないのですか？」

『別に。海の妖精だからといって海にいなくても大丈夫だもの』

「ふむ……。ここにいたい理由でもあるのでしょうか。そういえば、この村の井戸水は栄養豊富でとても綺麗《きれい》でしたね」

オリヴィアに出すものはすべて調べているので、とても驚いたのを覚えている。もしそれが、海の妖精の力であれば納得《なっとく》できる。

「もしや……水を綺麗にすることと引《ひ》き換《か》えに、水を行き来する力を失ったのでしょうか？」

レヴィはそんな仮定を立てた。

『……どうしてわかるの？』

どうやらすべてレヴィの予想通りだったようで、妖精はため息をついた。見破られるとは思っていなかったようだ。

『わたしだって、最初は海に住んでいたんだから』

ぽつりぽつりと、妖精は昔のことを話し始めた。

何十年も前――ピノ村は今よりも貧しく、作物もあまり育たない村だった。

自分たちが食べる分とマリンフォレスト特産の苺は育つが、それだけで。税金を軽くしてもらい、国からの援助《えんじょ》を受けたものの……あまり上手くはいっていなかった。

そんなとき、出稼《でかせ》ぎに王都に来ていたピノ村の少年が海へ寄った。そこで出会ったのが、洞窟にいる海の妖精だった。

二人は意気投合し、すぐに仲良くなり妖精は少年に祝福を贈《おく》った。そして少年が村に帰ったあとも、ときおり水を通って遊びにいっていたのだが――あるとき事件が起きた。

少年の両親が仕事で出かけた際、事故で亡《な》くなってしまったのだ。

「うわあぁん、父さん、母さん！　俺が大人だったら、一緒に出かけてたら助けられたかもしれないのに！」

自分がもっと大人で、両親の仕事についていけたら違った未来があったかもしれないのにと、少年はとても悔《く》やんだ。

両親がいなくなった少年は、これからお金を稼ぎ生きていくことは、とても大変になってくるだろう。

『……わたしが力になってあげる！』

「海の妖精……っ、ありがと……っ」

少年を助けるために、海の妖精は自身の力を使ってピノ村周辺の水質を変えた。

するとみるみる内に作物は育ち始め、今の活気あるピノ村に成長していったのだ。これなら、苺を収穫《しゅうかく》しお金を得ることもできるだろう。

村の人も、とても喜んだし、妖精も誇《ほこ》らしかった。

ただ、問題が起きた。

『苺も育ってきた頃だったかな……川辺でひと眠《ねむ》りしていたら、うっかりここに流されちゃったの。そのとき初めて、自分が水を行き来する力を失っていることに気づいたわ』

少年の下へ戻るため必死で出口を探してみたが、流されてきた場所は岩が崩れてふさがってしまったようで、結局見つけられなかった。

今はあきらめつつも、ときおり『助けて』と天井の穴に向かって叫《さけ》んでいるのだと妖精は苦笑《くしょう》した。

「虚《むな》しくはなかったのですか？」

レヴィがそう問いかけると、妖精はふふっと笑う。

『あなたがそれを聞くの？』

「愚問《ぐもん》でしたね」

まさにレヴィこそ何の見返りも求めずオリヴィアに仕え――陶酔《とうすい》しているというのに。

妖精にだけ理由を求めはしない。痛いほど、妖精の気持ちがわかるから。

『水を移動する力はないけれど、水を通じて村の声は聞こえてくるのよ。あの子の喜ぶ声を聞くことが楽しみだったの』

それを聞いている時間が幸せだったのだと、妖精は告げる。

『わたしは声だけ聞いて過ごしていたから、ほかの妖精たちより言葉を知っているのよ』

「そういえば、喋《しゃべ》り方が違いますね」

『ええ』

目の前にいる海の妖精は、ほかの妖精たちと比べて随分流暢《ずいぶんりゅうちょう》に話す。ほかの妖精が幼稚園児《ようちえんじ》ならば、彼女は高校生くらいだろうか。

『だけど、わたしの力もそろそろ必要なさそうね』

その理由は、ピノ村が豊かになってきたからだ。

小さい村であることに変わりはないけれど、村人はお腹いっぱい食べ、子どもたちは走り回り、活気があることはわかっている。

『一応、どうすれば力が戻るかの目処《めど》はついてるの』

「そうでしたか」

村の様子を一目見て海に帰るのもいいかもしれないと、妖精は考えたようだ。

『水を通して話を聞いているうちに、なんだかんだ愛着が湧《わ》いちゃったの。だから、この村が豊かになるまでは支えてあげようって思ってたのよ』

妖精が話を終えると、ずびっという音が聞こえた。


「うぅ、ひっぐ……うぅうっ」

話の途中《とちゅう》で目の覚めたオリヴィアが、感動して泣きだしていた。

『あなた……そんなに泣かなくても……』

「オリヴィア、鼻をかみましょう」

「ありがとう、うぅっ」

オリヴィアはレヴィに鼻水を拭《ふ》いてもらい、スッキリする。まさかこんなに泣ける話をされるなんて、思ってもみなかった。

「こんなに素敵な過去があったのに、伝わっているのが苺の下の死体だなんて……っ！」

悔しい！ と、オリヴィアが叫ぶ。

『したい？』

オリヴィアの言葉に、妖精はきょとんとする。いったいなんのことか、さっぱりわからないのだろう。

「……実はかくかくしかじかで」

と、オリヴィアはピノ村にある怖い話を妖精にしてみた。それを聞いて、つぶらな瞳を大きく開いて妖精は笑った。

『ふふ、やだぁ……そんな面白《おもしろ》い話になっているの？』

面白いかどうかはわからないけれど、そんな話になっているのだとオリヴィアは頷く。

『その話は確かに水を通して聞いたことがあったけど……まさか自分のことだなんて、思いもしなかったわ』

人間は面白いことを考えるのねと、妖精が笑った。

ひとしきり話し終えると、妖精はオリヴィアの顔を見て水場を指さす。

『オリヴィア、あなた酷《ひど》い顔をしているわ』

「えっ」

洗った方がいいと言われ、オリヴィアは自分の顔に触《ふ》れる。そういえば妖精の話を聞いて号泣《ごうきゅう》してしまったのだった。

目元はしっとりしていて、涙の後というか……鼻血ではなく鼻水で顔がぐちゃぐちゃだ。

「ちょっと失礼して……」

レヴィの膝の上にいたままだったオリヴィアは、羞恥《しゅうち》で顔を隠《かく》しつつコソコソするように水場まで歩いていく。

「オリヴィア、私が――」

「大丈夫よ！　顔くらい自分で洗えるから‼」

いくらなんでも鼻水顔をレヴィになんとかしてもらうなど恥《は》ずかしすぎる。オリヴィアはしゃがみ込み、ものすごい勢いで顔を洗う。

――あああっ、冷たい水が気持ちいいわ！

バシャバシャと音を立てながら顔を洗うと、眠気《ねむけ》も幾分《いくぶん》かスッキリした。

「ふう、気持ちいいわね。レヴィ、タオルは――」

あるかしら？　と問いかけるのと同時に、でこぼこの地面でうっかりバランスを崩《くず》して水場へ倒《たお》れこんでしまった。

「オリヴィア⁉」

レヴィが自分を呼ぶ声と、バシャンという大きなしぶきの上がる音。

そして肌を刺《さ》すような冷たい水に、ぎゅっと目を閉じるが——すぐに大きな手に抱きとめられて、岸に上がった。

同時に飛び込んだレヴィが助けてくれたようだ。

「げほ、ごほっ！」

「オリヴィア、大丈夫ですか？」

「……はぁ、は……。ええ、大丈夫よ。ありがとう、レヴィ」

大きく息をはいて、オリヴィアは礼を言う。レヴィが助けてくれなければ、溺《おぼ》れて沈《しず》んでいたかもしれない。

『ちょっと、大丈夫⁉　すぐ火にあたって——……』

妖精が火にあたるように手招きしようとして、しかし言葉を失った。その目は、オリヴィアではなく水に濡《ぬ》れて髪のセットが崩れたレヴィに向けられている。

「妖精さん？」

オリヴィアとレヴィは不思議に思いながらも火の前に行くと、妖精が『ハッ！』と再び動き出した。

『あなた、彼にそっくりよ！』

「え？」

「はい？」

妖精の言葉にオリヴィアは驚き、レヴィは心底面倒《めんどう》くさそうな顔をした。

『とっても格好良いわ！　あ、彼っていうのはへーぜっていうの。私の初恋《はつこい》の人というか、そんな感じかしら』

どうやら、レヴィは妖精が出会ったピノ村の少年とそっくりなようだ。

濡れたことにより髪のセットが崩れたレヴィは、先ほどよりも幾分か若く見える。しっとりと濡れた黒髪は無造作に前髪を作っていて、きっとその雰囲気《ふんいき》が似ているのだろう。

『へーぜはもう寿命《じゅみょう》で亡くなってしまったけれど……似たあなたと一緒にいたら、とっても楽しいと思うの』

妖精のキラキラした瞳を見るに、髪を下ろしたレヴィの容姿も彼女にとって好ましいものだったのだろう。

さらに一人でいた寂しさも同時に払拭《ふっしょく》できるので、妖精的には一石二鳥だ。

『ねえ、レヴィをわたしにちょうだい？』

きょるんと可愛い子ぶって、妖精がレヴィの服をくいくいっと引っ張ってみせた。自分を最大限可愛く見せておねだりをしてくるのが、なんとも抜《ぬ》け目《め》ない。

「レヴィは物じゃないのよ！」

「いえ、私はオリヴィアの『物』です」

「レヴィ！」

当の本人に自身の人格を全否定され、オリヴィアはガガンとショックを受ける。しかしレヴィのオリヴィア教は今に始まったことではない。

さらに当の本人のレヴィは気にしていないのか、タオルで濡れたオリヴィアのことを拭いている。レヴィは水を吸って重くなった上着を脱《ぬ》いだだけだ。

『あなたたち、恋人同士じゃないんでしょう？　レヴィをくれたら、それなりの見返りだってあげられるわよ？』

ピノ村のために使っていた浄化《じょうか》の力を切り上げれば、多少は自身に力が戻るはずだ。それを使い、二人に強い祝福をしたってかまわない。

もしくは、どこか別の土地で今と同じように役立つことだってできる。

『ねえ、悪い話じゃないでしょ？』

妖精はレヴィの頬にすり寄って、『一緒にいたいの』と甘えた声を出す。

「オリヴィア、どうしますか？」

「え？」

レヴィが自分の運命をオリヴィアに託《たく》すように言うので、オリヴィアは目が点になる。

いや、つい今しがたオリヴィアの『物』宣言をされたところだった。

「わたくしはレヴィを縛《しば》り付《つ》けているわけじゃないのよ？」

──だから自分の意思で断っていいのに。

そう思ってオリヴィアが頬を膨らませると、レヴィは「そうですね……」と考えるようなそぶりを見せる。

──えっ⁉

即答するとばかり思っていたオリヴィアは、レヴィの反応に大混乱だ。待って待って、レヴィは妖精の恋人になるつもりでもあるの？　──と。

「私があなたのものになれば、オリヴィアにも祝福を与《あた》えてくれるのですよね？」

『それくらい、おやすいごようよ！』

「それはいいですね」

祝福を与えられるということを聞き、レヴィは笑顔になる。

オリヴィアは妖精から祝福されていないため、この機会を逃《のが》したら一生妖精からの祝福を受けることはできないとレヴィは考えたようだ。

──もしかして、自分を犠牲《ぎせい》にしてわたくしに祝福を与えるつもりなの？

そんなの、ちっとも嬉しくない。

「ちなみにどのような祝福ですか？」

『いろいろあるよ。海の中で呼吸ができたり、水の魔法《まほう》は……』

悩むどころか妖精と祝福内容の交渉《こうしょう》を始めたレヴィを見て、さすがのオリヴィアも二人の間に割って入る。

「駄目《だめ》よ！　レヴィはわたくしの執事なんだから‼　妖精とはいえ、あげないわ‼」

つい今しがたレヴィは物ではないと言い切ったばかりなのに、あげないと叫んでしまった。

──うわあぁん、わたくしの馬鹿！

しかし妖精は『レヴィは物じゃないんでしょう？』と言ってくる。

──うぅ、痛いところを突いてくるわ！

『あなたはレヴィの恋人でもなんでもないんだから、私が恋人になっても問題はないでしょう？』

「そ、それは……」

『あなたが主人、わたしが恋人。それなら平和じゃない？』

「な、何を言っているのっ⁉」

妖精のとんでも提案に、オリヴィアは頭を抱《かか》える。

確かにそれなら問題はないのかもしれないけれど、レヴィが自分のために己《おのれ》の人生を妖精に捧《ささ》げるのは間違っている。

『ふふ、レヴィって髪をおろすととっても素敵！』

「そうですか？」

『そうよ！　ずっとそうしていた方がいいと思う』

妖精がレヴィの髪を手櫛《てぐし》で整えるのを見て、オリヴィアの胸が痛む。レヴィのオールバックは、オリヴィアが提案してセットしてあげた髪型なのだ。

――わたくし、自分では駄目と言っているのに、いざとなると全くレヴィを手放せないのね。

レヴィの望むオリヴィアは、レヴィと結婚《けっこん》できる身分ではない。

しかしオリヴィアが目指す追放は、結婚できたとしてもレヴィがよしとはしない。

でも。

──やっぱりわたくしは、レヴィを取られたくないみたいだわ。

「レヴィ」

「──オリヴィア」

オリヴィアはレヴィの首に腕《うで》を回して、ぎゅっと抱きつく。言葉では表せないほどの想《おも》いが伝わりますようにと、願いを込めて。

ああそうだ、好きかと問われたら答えにこまるけれど──オリヴィアはレヴィが一緒にいないと嫌《いや》なのだ。

トクントクンと脈打っていた心臓は加速して、オリヴィアの頬も熱くなる。

「わたくしとレヴィの関係に主従以外の言葉はないけれど、それ以上の想いがあると……そう思っているわ」

だからどうか、自分を犠牲にするようなことはしないでほしい。──いや、単純な話、嫌なのだ。

「レヴィが妖精の恋人になるのは、嫌よ！」

「はい。私はオリヴィアだけのものです」

「――！」

必死に叫んだ言葉に、レヴィがすぐ返事をした。

「オリヴィア」

「……っ、レヴィ。我《わ》が儘《まま》でごめんなさい。わたくし……」

涙ぐむオリヴィアの目尻《めじり》に、優しく微笑《ほほえ》んだレヴィがそっと唇《くちびる》をつける。その涙は蜂《はち》蜜《みつ》のように甘く、レヴィを恍惚《こうこつ》とさせていく。

「我が儘ではありません。私はオリヴィアの側《そば》にいられれば、それでいいのです。この関係に、主従以上の名は必要ないのです」

レヴィは「ただ……」と言葉を続ける。

「ときおり、こうして触れることを許してくださいますか？」

オリヴィアの手を取って、レヴィはその指先へ口づけた。傷をつけてはいけない女神《めがみ》に触れるかのような静かな口づけに、オリヴィアは赤くなりながらも頷いた。

オリヴィアはレヴィの前髪を後ろに流して、あらわになった額《ひたい》に口づける。

「わたくしに触れていいのは、レヴィだけよ」

「光栄です」

二人の世界に入ってしまったオリヴィアとレヴィを見て、海の妖精はどうして自分はこんなにひどい当て馬にされたのだろうかと遠い目をする。

恋人同士ではないと言い切りながらイチャイチャする二人を見て、レヴィに少年を重ねてしまったことをとても悔いた。

――ヘーゼはあんな変人じゃなくて、もっと格好良かった！

『はあぁぁ……』

大きくため息をつき、なぜあの二人は素直に恋人にならないのだと疑問に思いながら妖精はオリヴィアとレヴィから距離を取っていく。

『……でも、久しぶりに人と話をできて楽しかったわ。もし二人が結婚するようなことがあったら、そうね……祝福を送ってあげてもいいかもしれないわ』

妖精はくすりと笑って、静かに水たまりの中に消えた。

「オリヴィア、寒くありませんか？」

風魔法を使って服などを乾《かわ》かしはしたけれど、奪《うば》われた体温はそう簡単には戻らない。

しばらくは火にあたっていた方がいいだろう。

「大丈夫よ。夏だからそんなに寒くないし、それに、その……レヴィがあったかいもの」

「それはよかった」

オリヴィアはレヴィに抱きしめられて膝の上に座らされているので、正直に言えば熱すぎるくらいだった。

──レヴィとはこのくらいの距離なんて、普段はなんともなかったのに。

恋人とか、そんな単語で変に意識してしまったため緊張がすごい。自分の高速で脈打つ心音を聞かれていないだろうか？　と、意識しないようにそんなことばかり考えてしまう。

しかしふいに、自分のものではない心音に気づく。

「…………」

トクトクトクと速い一定のリズムを刻むそれは、レヴィのものだ。

──わたくしと同じくらい早いんじゃないかしら⁉

釣《つ》られてさらにドキドキしてしまう。すると、レヴィがくすりと笑ってオリヴィアのことを見た。

「また早くなりましたね」

「〜〜〜っ！　レヴィ、もしかして最初から気づいて⁉」

「当然です」

きっぱりとレヴィが言い切るので、オリヴィアは恥ずかしさのあまり茹蛸《ゆでだこ》のようになる。

手で顔を覆《おお》って、「やめてー！」と叫んだ。

「私はオリヴィアを愛していますから、仕方ありません」

「……っ！」

「こうしてときおり触れられるだけで、この上ない幸せです」

そう言って、レヴィはオリヴィアの手に自分の指を絡《から》めた——。


洞窟の天井に開いた小さな穴から差し込む光を受けて、オリヴィアは小さくみじろぐ。

昨日はいろいろなことがありすぎて、どうやらそのまま眠ってしまったようだ。

何度か目を瞬かせると、レヴィの顔が眼前にあった。

「おはようございます、オリヴィア」

「っ！　お、お、おはよう」

レヴィの膝の上に座ったまま寝《ね》ていたようで、体は痛くない。というかむしろ、適度な温《ぬく》もりがあって快適に眠れてしまった……！

きっとレヴィを布団《ふとん》にしたら爆売《ばくう》れだ。それほどに快適だった。

さすがのオリヴィアもレヴィに甘えすぎてしまって多少恥ずかしがっていると、レヴィの手が目元に触れる。

「――！」

「涙ぐんだせいで、目が赤くなってしまっていますね」

よく見せてくださいと、レヴィの顔が近づいてきて目を細められる。整った美しい顔のパーツに、長い睫毛《まつげ》。

「あ……」

ドキッとしてしまったのは、きっと自分のせいではない。――と、オリヴィアは思う。吐息《といき》がかかってしまいそうな距離に、思わず目を閉じてしまいたくなる。

――だけどそんなことをしたら、まるでキスをねだっているみたいだわ！

触れ合うような約束をしてしまったが、主人と執事として、それはよろしくない。何しろすでに一度経験してしまっているのだから。結果、ぎこちない笑顔になった。

「別荘に戻ったら、目薬をさしましょう」

「……ええ」

ドキドキする心臓を静めるように頷いて、オリヴィアは緊張していた体の力を抜いてレヴィに寄りかかる。

「――！」

今度はレヴィがドキリとしてしまった。

「オリヴィア？」

「あ、ごめんなさい。立つわね」

「いえ、どうぞこのままで」

「でも……」

明らかに様子のおかしいレヴィに、オリヴィアはどうしたものかと悩む。しかしその顔を見ると、頬が少し赤かった。

――もしかして、わたくしが寄りかかったから？

寝ているときにさんざん密着していただろうに、こんな些細《ささい》な行動で照れるなんてとオリヴィアは思う。

けれど、意識的なものと無意識なもので違う反応をしてしまうのも致《いた》し方ない。だって、心を止めることなんてできないのだから。

「レヴィ……」

オリヴィアもつられてドキドキしながら、その腕の中で体をひねり上目遣《うわめづか》いにレヴィを見る。

疲れの色が少しだけある頬にそっと触ると、「いけませんよ」とレヴィに手を摑《つか》まれてしまった。

「どうして？　レヴィはわたくしの執事じゃない」

「…………」

無言でじっと見つめてくるレヴィの瞳に、オリヴィアは仕方がないと肩をすくめる。そのまま前髪をすくって、「直すだけよ」とレヴィの髪型を整えた。

後は立ち上がるだけなのだけれど、なんとも離れがたいと感じてしまう。

――吊《つ》り橋《ばし》効果、かしら。

なんて考えても見るけれど、そんなわけないことはオリヴィアが一番知っている。

「レヴィ――」


「オリヴィア様～～！　ご無事ですか～⁉」

もう一度レヴィの名を呼んだ瞬間《しゅんかん》、自分を呼ぶ声が聞こえてきた。

「これは……アイシラ様の声ですね」

「捜《さが》しに来てくれたみたいね」

どうやらかなり心配をかけてしまったようだ。耳を澄《す》ますと、カイルとナッツの声も聞こえてきた。

オリヴィアは今度こそ立ち上がって、大きく息を吸う。

「わたくしはここよ～！」

「――オリヴィア様！」

すぐにアイシラが気づいたようで、こちらに駆《か》けてくる音が聞こえてきた。三人とも走ってきて、オリヴィアとレヴィを見て安堵している。

「よかったです、ご無事で。一晩経《た》っても帰ってこなかったので、わたくし心配で心配でどうしようかと……っ」

昨夜は生きた心地《ここち》がしなかったですと、アイシラは力の抜けた顔を見せる。

「ごめんなさいね。実は海の妖精が――あら？」

昨日出会った妖精のことを紹介《しょうかい》しようと思ったけれど、その姿が見当たらない。レヴィを見ると、わからないとばかりに首を振った。

――いったいどこに行ってしまったのかしら。

「海の妖精ですか？」

アイシラが周囲を見回してみるも、「気配がありません」と眉《まゆ》を下げた。

「そう……」

オリヴィアが別れの挨拶《あいさつ》も何もできなかったことに寂しさを覚えていると、レヴィがこっそり耳打ちしてきた。

「ピノ村が豊かになったので、満足して村に使っていた力を自分に戻したのかもしれませんね」

「……そうかもしれないわね」

いい話風にまとめているが、実際はオリヴィアとレヴィのいちゃいちゃに砂をはきそうになったから退散しただけだ。

ただ、妖精が自身の力を取り戻した——という予想は当たっている。ピノ村が豊かになったことで、使っていた祝福を止めていたため力が戻ったのだ。

今後のピノ村は水の質などが変わって多少大変かもしれないが、農業も進化し、畜産《ちくさん》などもしている今の活気ある村人たちなら問題はないだろう。

オリヴィアは新しくなるであろうピノ村の苺も楽しみだと、そう思うのだった。

アイシラ、カイル、ナッツの三人はオリヴィアの妖精の話を聞いて驚いた。

「妖精にそんな力があったなんて、わたくし知りませんでした」

海の妖精と接することが多いアイシラでも、まだまだ知らないことは多いようだ。

そしてナッツは、オリヴィアの話を聞いて目を見開いていた。

「へーぜって、曽祖父《そうそふ》の名前です……」

「え⁉」

まさか海の妖精の助けた人の子孫が、ナッツとミナだったなんて。誰がそんなことを想像し——いや、とオリヴィアは首を振る。

——きっとこれは、妖精が導いてくれたんだわ。

そう考えると、ちょっぴり幸せ気分になれる。これで妖精とレヴィを取り合ったという想い出が、ナッツの曽祖父と妖精の淡《あわ》い恋物語へ昇華《しょうか》された。


無事に『ドキッ！　急接近⁉　夜の肝試し★』が終わり、オリヴィアたちは別荘へ戻ってきた。

「……っ、おかえりなさいませ‼」

別荘では留守を預かってくれていたミナが涙目で出迎えてくれて、オリヴィアとレヴィの無事の帰還《きかん》を喜んだ。

ちなみに洞窟は、ナッツの家の裏の井戸のすぐ側に抜け道があり、そこと繋がっていたらしい。

普段は使うことがなく、子どもが迷い込んでしまうと危ないため岩で出入口を塞《ふさ》いでいたようだ。これでは、出入口だと中から気づくのは難しかっただろう。

ナッツたちが気づいたのは、カイルがドジって出入口の岩の側で転んで手をついて判明したらしい。

さすが攻略《こうりゃく》キャラクターは持っているものが違う。

ジュリアとミナが用意してくれた朝食を食べ終わると、オリヴィアはお風呂《ふろ》に入り自室のベッドへ飛び込んだ。

洞窟内で寝たとはいえ、体の疲れは半分も癒《い》えていない。

「はあぁ〜さすがに疲れたわね」

このまま目を閉じたら、簡単に眠ってしまいそうだ。

「でも、アイシラ様とカイルの距離はちょっと近づいたみたいだし……今回の作戦は大成功ね！」

と思うのだけれど、それ以上に——

オリヴィアがレヴィのことを意識しすぎてしまった。

そんな気がしてならない。

あのままアイシラたちが助けにこなかったら、なんだか二人して雰囲気に流されてしまったような気がしなくもない。

「……って、何を考えているのわたくしったら！」

ぶんぶん頭を振って、邪念《じゃねん》を振り払う。

「わたくしは悪役令嬢としての役目を全うするのだから……！」

だから執事にうつつを抜かしている暇《ひま》なんてないのだ。

と、思っていたのに。

「失礼します。オリヴィア、少しいいですか？」

その執事が自らやってきてしまった。

タイミングが悪いような気もするが、レヴィと一緒にいるのは純粋《じゅんすい》に嬉しいので仕方がなく許可を出す。

「どうしたの、レヴィ」

「念のため、怪我《けが》がないか確認《かくにん》させていただいても？」

洞窟ではレヴィがオリヴィアに傷一つ負わせないよう細心の注意を払っていたけれど、細かい擦《す》り傷《きず》や靴擦《くつず》れなどがあるかもしれないと思ったようだ。

「ジュリアに見てもらったし、大丈夫よ？」

つい今しがたお風呂にも入ったけれど、特にお湯が染みるなどもなかった。なので、怪我はしていないはずだ。

オリヴィアがそう言うと、しかしレヴィは捨てられた子犬のようにしょんぼりしてしまった。

——耳と尻尾《しっぽ》が見えるわ……。

「……寝転《ねころ》がったままでいいなら、いいわ」

「ありがとうございます」

オリヴィアがしぶしぶながらも許可を出すと、レヴィはぱっと笑顔を見せる。よほど自分で確認しなければ気がすまな——心配だったのだろう。

「失礼します」

レヴィは優しく丁寧《ていねい》に、オリヴィアの手を取る。小さな傷の一つも見逃さないという気迫《きはく》を纏《まと》いながら、指の先まで確認していく。

——なんだか恥ずかしいわ。

オリヴィアは枕《まくら》に顔をつっぷして、レヴィを意識しないように別のことを考える。が、肌にレヴィの手が触れているのだから意識せずにはいられない。

せめて会話で気を紛《まぎ》らわそう。

「……アイシラ様とカイルは？」

「お二人とも寝ていますよ。二人とも、夜通し私たちのことを捜してくれていたそうですから」

「夜通し⁉」

レヴィの言葉に、オリヴィアは会話で気を紛らわすどころではなくなった。二人になんということをさせてしまったのだ……と。

——助けに来てくれたときに、気づくべきだったわ！

洞窟を出た直後はやっと出られたという安堵などもあり、すっかり失念してしまっていたのだ。

——土下座でお詫《わ》びをするだけじゃ駄目だわ！

「どうしましょう、レヴィ。わたくし、どうやったら二人の恩に報《むく》いられるかわからないわ。恩が大きすぎるもの」

後日、何か贈るだけでは不十分だとオリヴィアは考える。装飾品《そうしょくひん》、お菓子《かし》、美容用品、どれもアイシラが簡単に手に入れられるものなので、とてもではないがお礼として足りないだろう。

レヴィは「ふむ」と考え、何か思いついたようで口を開く。

「オリヴィアにしか用意できないものでしたら——」

「あ、こんにゃく！」

「名案だと思います」

オリヴィアの案に、レヴィはすぐ頷いた。食い気味に台詞《せりふ》を奪われてしまっていたが、レヴィも同じ提案をしようとしていたらしい。

「華《はな》やかさには欠けますから、こんにゃくを使ったディナーに招待する形でもいいかもしれませんね。その際お土産《みやげ》でこんにゃくをつけて差し上げたら、肝試しのこんにゃくぺちょりを思い出してくれるかもしれませんよ」

と、レヴィが楽しげに言う。

「いいわね、それ！　二人で肝試しのことを思い出して、手を繋いで歩いたこととかにドキドキしたらいいわ！」

その様子を想像しただけで、オリヴィアは興奮する。寝るはずが、うっかり目が冴《さ》えてしまったではないか。

そしてアイシラとカイルの恋バナで、自分とレヴィの昨夜のことも思い出してしまった。

——思い出したらめちゃくちゃ恥ずかしいわ‼

洞窟で抱き合っていたときは、その場のドキドキのようなものでここまで恥ずかしいとは思わなかったのに。いや、暗さや出口がわからないという別の意味でドキドキはずっとしていたけれど……！

——でも、レヴィを妖精にとられなくてよかったわ。

気づけば、怪我の確認がマッサージに代わっていた。

「んん、レヴィ……寝ちゃうわ」

「構いません」

「……わたくしが構うの」

オリヴィアがそう言って頬を膨らめると、レヴィは苦笑する。今までは、気にせず自分のマッサージで寝入っていたのに……と。

「ですが慣れない洞窟内を歩きましたから、このまま寝たら体を痛めてしまいますよ？」

「それは――」

間違いなく筋肉痛になるだろう。

「……少しだけお願いするわ」

「はい」

オリヴィアの言葉に満面の笑《え》みで返事をし、レヴィは丁寧にマッサージを続ける。

「今後も、アイシラ様とカイルを見守るのですか？」

レヴィの問いかけに、オリヴィアは頷く。

「そうしたいわね」

ただ恋愛《れんあい》に奥手《おくて》な二人なので、かなりの長期戦になることは必至だろうけれど。しかし、そんな二人を見守られるのも悪役令嬢の特権だ。

自分にいじめられたアイシラをカイルが庇《かば》い助け慰《なぐさ》め、少しずつ愛を育んでいってくれたらいいのだ。

「大好きなこの世界に、幸《さち》あらんことを……」

そう言って、オリヴィアはレヴィのマッサージを受けながら寝落ちたのだった――。

エピローグ　執事の願い

　さあ、リベンジだ！　とでも言わんばかりの勢いで、オリヴィアはすちゃりと伊達眼鏡《だてめがね》の位置を直す。

　今日は王城でアクアスティードとティアラローズをチラ見する予定なのだ。

　――姿絵は普通《ふつう》に見られるようになったわ！

　これならばきっと、遠目であれば鼻血を出さずに二人を見ることができる――はずだ。

「オリヴィア、気持ちを落ち着かせてくださいね」

　深呼吸ですよと、レヴィがアドバイスをする。

「ええ、わかっているわ！　すーはー、すーはー、すーはー」

　じっくり深呼吸を三回繰《く》り返《かえ》すと、オリヴィアは眼前の王城を睨《にら》みつけるように見る。

　ここに、アクアスティードとティアラローズがいるのだ。

　――っ、考えただけで鼻血が出そうだわ!!

既《すんで》のところで耐《た》えると、レヴィが「素晴《すば》らしいです」と拍手《はくしゅ》してくれる。

今日のティアラローズとアクアスティードは、レヴィ調べでは庭園でお茶会をする予定になっている。

目立たぬようにこそこそっと王城の庭園へ行って、遠くから二人を見る。

そこにいたのは、仲睦《なかむつ》まじくお茶をしているティアラローズとアクアスティード。後ろには、エリオットとフィリーネも控《ひか》えているではないか。

「〜〜〜〜っ！」

「耐えてください！」

オリヴィアが興奮のあまり鼻血を噴《ふ》きそうになると、レヴィの喝《かつ》が入る。

「っ、そうね……！」

ここで鼻血を出したら即行《そっこう》で帰らなければいけないので、オリヴィアは気持ちを落ち着かせてなんとか踏《ふ》ん張《ば》ることに成功した。

「やった、やったわ！」

「おめでとうございます、オリヴィア！」

遠目から見られただけで、お祭り気分だ。

さらに調子に乗って、オリヴィアはティアラローズとアクアスティードにもっと近づいていく。七十メートル、五十メートル、三十メートル――！

――新記録だわ‼

アリアーデル家の記録に刻まなければ……なんてことを考えていたからか、オリヴィアの鼻から赤いものがたらりと垂れた。

「…………」

思わずレヴィと二人、無言で見つめ合う。どうやら今回も、ミッションは失敗らしい。

「でも、三十メートルの距離《きょり》まで近づけたわ！」

これは言葉を交《か》わす日も意外と近いかもしれない。オリヴィアはそう思い、鼻血を噴きながら屋敷《やしき》へ戻った。

オリヴィアが自室で机に向かっていると、ノックの音とともにレヴィがやってきた。

「失礼します。オリヴィア、お茶をお持ちいたしました」

「……っ！　レヴィ！」

突然《とつぜん》の入室に、オリヴィアは慌《あわ》てて机の上の物を隠《かく》す。今は勉強をしている時間なのだが、休憩《きゅうけい》とばかりに『ラピスラズリの指輪』の攻略本《こうりゃくぼん》を書いていた。

――ちょっとの息抜《いきぬ》きのつもりだったのに、一時間も経《た》っているわ！

好きなことは時間を忘れてしまう。

オリヴィアが汗《あせ》ダラダラで笑顔《えがお》を作るも、レヴィは淡々《たんたん》と紅茶とロールケーキをテーブルに置いた。

「……」

――無言なのが怖《こわ》いわ！


今していなければならなかったことは、主に政治面の勉強だ。

女公爵《こうしゃく》になるためのものなのだが、レヴィ曰《いわ》く他国へ聖地巡礼《じゅんれい》に行く際にも役立つというもの。

オリヴィアは聖地巡礼の旅に出たいので女公爵になるつもりはないが、レヴィも譲《ゆず》る気はない。平行線のままだ。

なのでどちらのためにもなる勉強は続けている。

叱《しか》られるだろうかと思ったが、レヴィは意外にも笑顔だった。

「長時間机に向かったままですと、体によくないですよ」

「え、ええ……？　そうね、よくないわね」

レヴィに手を取られたので、そのまま立ち上がる。

じっとしていると肩《かた》周りを動かされ、まるでダンスをするようにくるりと一回転。

「痛くはありませんか？」

「大丈夫《だいじょうぶ》よ。ありがとう、レヴィ」

確かに机に向かっていたため肩が凝《こ》っていたので、ちょうどよかった。自分でももう一度肩を回して、ぐぐ〜っと肩甲骨《けんこうこつ》を伸《の》ばす。

——肩こりは全オタクの悩《なや》みだわ。

前世では、周りはこりが酷《ひど》すぎて逆に痛みを感じないという強者《つわもの》だらけだった。幸せの代償《だいしょう》は体で支払《しはら》わなければならないのだ。

オリヴィアはソファに移動して、紅茶とロールケーキを堪能《たんのう》する。

「ん〜、美味《おい》しいわ！」

ほっぺたが落ちてしまいそうだ。

「オリヴィアに喜んでもらえて嬉《うれ》しいです」

「レヴィが用意してくれるものは、全部美味しいわ」

料理も、飲み物も、お菓子《かし》も、レヴィはオリヴィアの好みを把握《はあく》している。さらに造血を意識しなければならないので、素材の知識量も多い。

「ありがとう。レヴィには本当に感謝しているのよ」

「オリヴィアの幸せが私の幸せです」

「もう……」

この執事《しつじ》は大袈裟《おおげさ》だと、オリヴィアは笑った。


ふと窓の外を見ると、もう日が落ちていた。

「オリヴィア、疲《つか》れているでしょうし先にお風呂《ふろ》へどうぞ。固まった体もほぐれますし、体調がよければ、明日は息抜きも兼《か》ねて聖地巡礼へ参りましょう」

「本当？　すぐに入ってくるわ！」

レヴィの言葉を聞き、オリヴィアは目を輝《かがや》かせる。

「絶対よ？　今の約束、忘れては駄目《だめ》よ」

「もちろんです」

「絶対よ？」

「はい」

大事なことなので二回告げるオリヴィアに、レヴィは微笑《ほほえ》む。自分が主人に向かって嘘《うそ》をつくなんてあり得ないのに。

レヴィが頷《うなず》いたのを見て、オリヴィアは急いでお風呂へ向かった。

ティーカップとお皿を片付けると、レヴィは机の上を見る。

先ほどまでオリヴィアが書いていた攻略情報——もといマリンフォレスト王国に関することがいろいろと書かれている。

「これはピノ村の地下にあった洞窟《どうくつ》で、こっちは……王城の見取り図の修正版ですか」

どちらもかなり——というか、王城の見取り図は関係者にばれたら尋問《じんもん》され牢《ろう》に入れられるほどの案件だろう。

——絶対に流出しないように気をつけないといけませんね。

別荘《べっそう》の図書室に並べるにしても、魔道具《まどうぐ》などで結界を用意したり、チェーンで繋《つな》いだり物理的な処置も検討した方がいいだろう。

「この資料を先駆《さきが》けに、オリヴィア自身が功績を上げ爵位《しゃくい》を賜《たまわ》れたら——」

ぽつりともれた言葉は、レヴィの本心だ。

レヴィはオリヴィアに女公爵になってほしいと望んでいるが、頭に『アリアーデル家の』とは別につかなくてもいいのだ。

確かに難しく、茨《いばら》の道だろう。

爵位を賜れるほどの功績は上げようと思って上げられるものではないし、自由を謳歌《おうか》し聖地巡礼をしたいオリヴィアは反対するだろう。

きっと、「それなら大商人くらいがいいわ！」と言いそうだ。お金があり、貴族よりはよほど自由に動くことができる。

「でも、私は見たいのです。跪《ひざまず》きたいのです」

ひどく歪《ゆが》んでいるのだろうと、自分でも自覚している。

けれど高潔なオリヴィアにかしずいていたいのだ。

「オリヴィア……」

レヴィは消え入りそうな声で、切なげにその名前を呼んだ。

番外編　真夜中のダンス

とある日のアリアーデル家では、オリヴィアの侍女《じじょ》のジュリアが頭を抱《かか》えていた。

「レヴィ、オリヴィア様はまた欠席？」

「――はい」

困り切ったジュリアに、レヴィは表情を替《か》えずに頷《うなず》いた。

ジュリアはオリヴィアの侍女で、レヴィがアリアーデル家に来る前から勤めている大先《だいせん》輩《ぱい》だ。

そんな彼女の手には、夜会やお茶会の招待状が何通も……。すべてオリヴィアへのものなのだが、全部に欠席の返事をする予定だ。

「全部とまでは言わないけれど、多少は出席した方がいいわ。なんとかならないかしら」

「ふむ……」

レヴィはどうしたものかと考える。

確かに、アリアーデル公爵家《こうしゃくけ》の娘《むすめ》として夜会に出ることは大事だろう。社交が必要不可欠であることは、オリヴィアも理解している。

――しかし、今はタイミングが悪いんですよね。


王太子アクアスティードの妃《きさき》、ティアラローズ・ラピス・マリンフォレスト。

乙女《おとめ》ゲーム『ラピスラズリの指輪』の続編の悪役令嬢《れいじょう》の彼女が、アクアスティードと一緒《いっしょ》に夜会やお茶会などに顔を出している。


つまりそう、うっかり会ってしまったらオリヴィアの鼻血地獄《じごく》が待っているのだ。

――アクアスティード殿下《でんか》お一人ならば、まあ……。

しかし二人が並んで立っていたら、オリヴィアの興奮は最高潮に達する。一気に鼻血が滝《たき》のように溢《あふ》れ出《で》て天に召《め》されてしまいかねない。

「食事をレバーだけにしても厳しいかと」

「……そう。なら仕方がないわね」

レヴィの説明ですべてを理解したジュリアは、仕方がないと苦笑《くしょう》する。

本当はオリヴィアをとびきり美しく着飾《きかざ》り、夜会で自分のお嬢様《じょうさま》はこんなにも素敵《すてき》だと見せつけてやりたいところだが……それより先に鼻血を見せつけてしまっては意味がない。

「鼻血の原因がわかるのなら、オリヴィア様が主催《しゅさい》でもいいのだけれど……やっぱり難しいわよね」

ジュリアは肩《かた》をすくめ、「招待状はこっちで処理しておくわ」とその場を後にした。


そろそろティータイムの時間になるので、レヴィは紅茶を用意してオリヴィアの部屋へとやってきた。

最近オリヴィアは女公爵《こうしゃく》になるため——もとい国内外を聖地巡礼《じゅんれい》するために、いろいろな分野を勉強している。

本日はスッキリするハーブティーと、お茶請《ちゃう》けにマカロン。頭を使ったときは、甘い物で糖分を取ることも大切だ。

机に向かっていたオリヴィアは、レヴィを見るとぐーっと大きく伸《の》びをした。

「わあ、マカロンね。美味《おい》しそう！」

「お気に召していただけてよかったです」

るんるん気分でソファに腰《こし》かけたオリヴィアに給仕《きゅうじ》をし、レヴィはそういえば……と、先ほどのジュリアとのことを話題に出した。

「――ということがありました」

「夜会……夜会ね……。わたくしだって、行きたくはあるわ」

だって夜会といえば、まさしく乙女ゲームのイベントのようなものだ。アクアスティードの盛装《せいそう》姿なんて何億回見ても飽《あ》きないし、華《はな》やかなパーティー会場を見るのも楽しい。

「でも、さすがに……アクアスティード殿下とティアラローズ先輩が一緒にいたら……」

「明らかに血の海になりますね」

眉《まゆ》を下げながら言いよどむオリヴィアに、レヴィが結果を告げる。もちろん間違《まちが》っていないので、オリヴィアも頷いた。

「いっそ仮面舞踏会《ぶとうかい》だったらよかったのに」

「そのような奇抜《きばつ》な催《もよお》しは、実際はそうそうありませんからね」

「そうなのよねぇ……。でも仮面舞踏会ってすごく楽しそうじゃない？」

いつかやってみたいなとオリヴィアが頬《ほお》を緩《ゆる》ませる。

「だけど、ずっと夜会に不参加っていうわけにもいかないわね」

やはり夜会やお茶会に参加して情報収集は必要だし、ほかの貴族と懇意《こんい》にしておくことも大切だ。現状、兄のクロードにまかせっきりになっている。

「とはいえ……オリヴィアが夜会を主催するのであれば、さすがに王太子に招待状を送らないというのも……」

外聞が悪いのでは？　と、レヴィは考える。

もちろん子どもの頃の婚約《こんやく》、しかしすぐ破棄《はき》！　事件があるので、それを理由に招待しないという手もあるが……悪目立ちしてしまいそうだ。

「いっそアクアスティード殿下とティアラローズ先輩の招待状だけ開始時間を遅《おく》らせるっていうのはどうかしら!?」

「不敬罪で罰《ばっ》せられても知りませんよ」

「ぐう……」

オリヴィアは「そうよね」と言ってマカロンをぱくりと一口で食べた。う〜んう〜んと唸《うな》っているので、何かしら考えてはいるらしい。

——アクアスティード殿下とティアラローズ様がいなければいいとなると……。

「私が偵察《ていさつ》してくるので、お二人が不参加の夜会に出られてはいかがですか？」

「それよ！」

ナイスアイディア！　と、オリヴィアは喜ぶ。アイシラとカイルには慣れているので、よほどのことがない限り鼻血はでない。アクアスティードとティアラローズがいなければそれでいいのだ。

「レヴィは仕事が増えて……っていうか、普通《ふつう》に偵察なんて大変だと思うんだけど大丈夫《だいじょうぶ》なの？」

「お任せください。私はオリヴィアの執事《しつじ》ですから、その程度は朝飯前です」

「……気をつけるのよ？」

「はい」

レヴィは一礼して、オリヴィアの部屋を後にした。


夜の闇《やみ》に紛《まぎ》れたレヴィは、さっそく情報収集を開始する。

——アクアスティード殿下とティアラローズ様の参加されない夜会で、なおかつある程度の爵位《しゃくい》がある家の主催でなくてはならない。

「そう考えると、いっそ不参加にさせる方が簡単なのでは……？」

オリヴィアが聞いたら気絶してしまいそうなことを言いながらも、レヴィは王城の隠《かく》し通路などを使って調査を進めていく。

そっと壁《かべ》に耳を当てると、聞こえてくる声……。

「アクアスティード様、夜会の招待状がいくつか届いていますよ」

「ああ、返事をしないといけないか」

王太子のアクアスティードは、側近のエリオットから手紙を受け取り宛名《あてな》を見る。懇意にしている貴族ばかりなので、可能であれば短時間だけでも顔を出した方がいいだろう。

「とはいえ、すべて参加するのは厳しいな……」

「ティアラローズ様の予定を確認《かくにん》して、フィリーネと候補を上げておきましょうか？」

「そうだな……それで頼《たの》む」

「わかりました」

エリオットは手紙を預かり、部屋を後にした。

――ふむ、思ったよりも夜会に参加しそうな感じですね。

顔を出すだけの夜会もありそうだが、うっかりオリヴィアと鉢合《はちあ》わせてしまっては大変だ。できるならば、不参加の夜会を狙《ねら》いたい。

――あの側近を追った方がよさそうですね。

レヴィは情報を手に入れるべく、再び闇に紛れた。

そして後日。

「オリヴィア、情報収集が終わりました」

「本当？　ありがとう、レヴィ！　どうだった？」

「十日後にパールラント家が主催する夜会は不参加のようですね。公務があるためのようですが、さすがにしばらくパールラント家の夜会に足を運ぶのは控《ひか》えるようです」

レヴィが報告すると、オリヴィアは「わかったわ」と頷く。

ちなみにパールラント家の夜会を控える理由はアイシラにある。

海の妖精王《ようせいおう》パールからもらった秘薬――惚《ほ》れ薬《ぐすり》を、アクアスティードに飲ませてしまったのだ。

処罰《しょばつ》などはすべて済んでいるが、さすがにパールラント家に足を運ぶわけにはいかないのだろう。貴族は噂《うわさ》好きなので、何があるかわからない。

「来年はわかりませんが、今年の参加はされないでしょうね」

「なら、パールラント家の夜会に行きましょう。アイシラ様とカイルの仲も気になることだし……ちょうどいいわ」

ついでに悪役令嬢としてアイシラをいじめよう。

オリヴィアはそんなことを考えて、ほくそ笑《え》んだ。

——の、だけれど。

珊瑚《さんご》のシャンデリアから降り注ぐ淡《あわ》い光に、軽《かろ》やかな音楽。楽しそうな雑談の声に、美味しそうな料理とお酒。

オリヴィアとレヴィはくるくるとダンスを踊《おど》る男女とは正反対の立ち位置——壁際《かべぎわ》でコソコソしていた。

そう、鼻血が溢れたのだ。

オリヴィアはハンカチで必死に鼻を押さえていた。さすがにこれは想定外で、レヴィもいつになく慌《あわ》てている。

数枚のハンカチを出し、オリヴィアの鼻を優《やさ》しく押さえる。あふれ出た鼻血は止まったけれど、またいつ噴《ふ》き出《だ》すか……わからない。

「オリヴィア、すぐに帰りましょう」

「……………ふが」

鼻血のせいで喋《しゃべ》れないオリヴィアが、一生懸命《いっしょうけんめい》頷いている。

そして鼻血が出た原因はというと――会場の奥で、エリオットがアイシラに話をしていた。その手には花束があるので、参加できない代わりにエリオットが花を届けに来たようだ。

――なるほど、参加しないのも心証が悪いため花を贈《おく》った……というところでしょうか。

近くにいた人に「大丈夫ですか？」と心配されながら、レヴィは笑顔《えがお》で「問題ありません」とオリヴィアを横抱《よこだ》きにして会場を後にした。

そして馬車に戻《もど》り、オリヴィアの鼻周りを綺麗《きれい》に拭《ふ》き、やっと落ち着いた。

「はぁ、はぁ、はぁ……わたくし、夢でも見ていたのかしら――エリオット、素敵すぎるうううぅっ！」

オリヴィアはうおおんと叫《さけ》びながら両手で顔を押さえ、エリオットに出会えた喜びに感謝している。しかも花束付きだった。

何を隠そう、アクアスティードの側近エリオットも攻略《こうりゃく》対象キャラクターの一人なのだ。

常に隣《となり》にアクアスティードという超絶《ちょうぜつ》キャラがいるためなんだか影《かげ》が薄《うす》いように感じてしまう彼だが、優しく優秀《ゆうしゅう》で、少しずつ恋《こい》を育むことができるため人気がある。

アリアーデル家に戻るために馬車が走りだすと、オリヴィアが名残惜《なごりお》しそうにパールラント家へ視線を送る。

しかし戻ったら再び鼻血なので、引き返すことはしない。

オリヴィアは壁に寄りかかりながら、ゆっくり息をはいた。さすがに会場をあとにしたので、落ち着くことができたのだろう。

「オリヴィア、すみません。まさかこんなことになるなんて……」

レヴィが優しくオリヴィアの髪《かみ》を撫《な》でると、「大丈夫よ」と明るく微笑《ほほえ》んだ。

「わたくしは今、とっても幸せよ！　むしろ、よくやったと褒《ほ》めないといけないわ！」

だから別に謝る必要なんてこれっぽちもないのだと、オリヴィアは告げた。


屋敷《やしき》に戻ると、ジュリアにとてつもなく心配されてしまった。

「オリヴィア様、また鼻血が!?」

「ふふ、ジュリアに着飾ってもらったドレスは汚《よご》していないわ！」

「そうではありません!!」

体調の心配をしているのです！　と、叱《しか》られてしまう。オリヴィアは賢《かしこ》いのだが、たまにずれたところがあって……そこがなんだか可愛《かわい》いとレヴィは思ってしまう。

部屋に戻ってドレスを脱《ぬ》ぐ——というところで、オリヴィアが「ねえ」とレヴィに声をかけてきた。

「なんでしょう？」

「せっかくドレスを着て夜会に行ったのに、踊らなかったの。せっかくだから、一曲どうかしら？」

「喜んで」

オリヴィアが差し出した手を取り、レヴィはその甲《こう》にそっと口づける。高貴なオリヴィアとダンスをするなんて恐縮《きょうしゅく》だが、主人の望みを断るなんてもっと無理だ。

ダンスのステップを踏《ふ》むように、レヴィはオリヴィアを抱き上げて窓から二人その身を投げる。綺麗に着地した地面の上は、柔《やわ》らかな草が風でそよぐ。

夜の星空より深いブルーのドレスは、ちりばめられた宝石がキラキラと月明かりに反射する。レースの長いショールがふわりと風に舞《ま》って、オリヴィアを女神《めがみ》のように見せた。

自分が触《ふ》れてはオリヴィアが穢《けが》れてしまう。

そんな風に思うのだが——触れずには、いられない。

互《たが》いに手を取り合い、ゆっくりとダンスが始まる。

音楽はないけれど、頭の中では楽しい音楽が流れだす。タタンタタンとリズミカルに、オリヴィアをリードする。

「楽しいわね、レヴィ」

「はい。オリヴィア」

笑顔のオリヴィアは、「ふふふ～ん♪」と音楽を口ずさみ始める。彼女の大好きな、ゲームのテーマソングだ。

テーマソングに合わせた振《ふ》り付《つ》けはないので、即席《そくせき》で踊りを作っていく。うっかり転びそうになったオリヴィアを支えて、二人で笑う。

執事の自分は一生ダンスとは無縁《むえん》だと思っていたけれど――オリヴィアと踊ると、こんなにも楽しい。


――これ以上、私の望みを増やさないでください。


どんどん欲深くなってしまいそうだ。

それでもきっと、オリヴィアはレヴィの気持ちを試《ため》すようにどんどん距離《きょり》を詰《つ》めてくるのだろう。
――私のお嬢様は、手加減を知らない。
けれど、だからレヴィはそんなオリヴィアが好きなのだ。
――どうか、いつまでも気高く美しいあなたでいてください。
ずっとずっと、隣《となり》で支えていきますから。
レヴィは月の下で踊りながら、そんな願いを思《おも》い描《えが》いた。

あとがき

こんにちは、ぷにです。『悪役令嬢《れいじょう》は推《お》しが尊《とうと》すぎて今日も幸せ』、二巻をお手に取っていただきありがとうございます！

一年以上間が空《あ》いてしまっているので覚えていただけているか心配なのですが、オリヴィアとレヴィのキャラの濃《こ》さに期待したいと思います（笑）。あの鼻血はそうそう忘れられることはない……はずです。

二巻も一巻に引き続き、いや、一巻以上にギャグが強い感じに楽しくできあがったのではないかな……と思います。

今回は本編『悪役令嬢は隣国《りんごく》の王太子に溺愛《できあい》される』の、三巻と四巻の間くらいのお話です。……という説明を入れると、なんだかスピンオフっぽくていいですね。

いろいろやらかしてしまい落ち込むアイシラと、それを元気づけようと応援《おうえん》するオリヴィアです。

しかしオリヴィアが奮闘《ふんとう》するほど墓穴《ぼけつ》を掘《ほ》ってしまい、段々レヴィとの距離《きょり》が近づいていってしまう……と。

ガッツリした恋愛描写《れんあいびょうしゃ》が多くあるわけではないのですが、ドキドキ具合を楽しんでいただけたら嬉《うれ》しいなと思います。

関連書籍《しょせき》のお知らせです。

実は『悪役令嬢は隣国の王太子に溺愛される』十三巻が同日発売しております。十三巻はオリヴィアとレヴィが本編、書き下ろし番外編の両方にたくさん登場しているので、一緒《いっしょ》に楽しんでいただけるのでは……と思います。心なしか本編も鼻血多めです。

来月の四月一日には、真丸《まんまる》イノ先生による『悪役令嬢は推しが尊すぎて今日も幸せ』コミカライズの二巻がB's-LOG COMICSさんから発売予定です。

二巻では成長したオリヴィアたちを見ることができるので、麗《うるわ》しい！　となること間違《まちが》いなしです。レヴィだけでなく、お兄様もイケメンです。とてもイケメンです。

最後に、皆《みな》さまに謝辞を。

編集のO様。なんでも「レヴィだからできる」の一言ですませてすみません……！　レヴィにもう少し人間味を持たせるように頑張《がんば》ります（そうじゃない）。今回もギリギリまで一緒に踏《ふ》ん張《ば》っていただきありがとうございます!!

すがはら竜《りゅう》先生。いつもながら表紙のカラーがとっても美しく、ラフをいただいたときから完成を待ちわびておりました！　素敵《すてき》なドレスを描《か》いていただいているのに、鼻血ばかりですみません……。今回もありがとうございました！

本書の制作に関わってくださった方、お読みいただいた読者の方、すべての方に感謝を。

無事に二巻が出せてとても嬉しいです。

それではまた、お会いできる日を楽しみにしています。

ぷにちゃん

■ご意見、ご感想をお寄せください。
《ファンレターの宛先》
〒102-8177 東京都千代田区富士見 2-13-3
株式会社KADOKAWA ビーズログ文庫編集部
ぷにちゃん 先生・すがはら竜 先生

ビーズログ文庫

●お問い合わせ
https://www.kadokawa.co.jp/（「お問い合わせ」へお進みください）
※内容によっては、お答えできない場合があります。
※サポートは日本国内のみとさせていただきます。
※Japanese text only

悪役令嬢《あくやくれいじょう》は推《お》しが尊《とうと》すぎて今日《きょう》も幸《しあわ》せ 2

ぷにちゃん

2022年 3 月15日 初版発行

発行者　青柳昌行
発行　株式会社 KADOKAWA
〒102-8177 東京都千代田区富士見 2-13-3
（ナビダイヤル）0570-002-301
デザイン　島田絵里子
印刷所　凸版印刷株式会社
製本所　凸版印刷株式会社

■本書の無断複製（コピー、スキャン、デジタル化等）並びに無断複製物の譲渡および配信は、著作権法上での例外を除き禁じられています。また、本書を代行業者等の第三者に依頼して複製する行為は、たとえ個人や家庭内での利用であっても一切認められておりません。
■本書におけるサービスのご利用、プレゼントのご応募等に関連してお客様からご提供いただいた個人情報につきましては、弊社のプライバシーポリシー（URL:https://www.kadokawa.co.jp/）の定めるところにより、取り扱わせていただきます。

ISBN978-4-04-736955-9 C0193
©Punichan 2022 Printed in Japan
定価はカバーに表示してあります。
◇◇◇

ビーズログ文庫

悪役令嬢は
隣国の王太子に溺愛される
悪役令嬢のはずが…
超高スペック王子に
求婚されたんですが!
B's-LOG COMICにて
コミカライズ連載中!!
①〜⑬巻、好評発売中!
ぷにちゃん
イラスト/成瀬《なるせ》あけの
試し読みは
ここを
チェック★
王子に婚約破棄を言い渡されたティアラローズ。あれ?
ここって乙女ゲームの中!? おまけに悪役令嬢の自分に
隣国の王子が求婚って!?

ビーズログ文庫
悪役令嬢ルートがないなんて、誰が言ったの？
B's-LOG COMICにてコミカライズ連載中！
「悪役令嬢」主役の裏ルートが、本編以上に甘々でした！
①～②巻、好評発売中！
ぷにちゃん
イラスト／Laruha
乙女ゲームの悪役令嬢に転生したオフィーリア。このまま処刑エンドはごめんだと、知る人ぞ知る【裏ワザ】を使って「悪役令嬢ルート」に突入!! でもなんだか、攻略対象たちの溺愛が本編以上にヤバイみたい……？

ビーズログ文庫

魔王と勇者に溺愛されて、お手上げです！
オレ様魔王とヤンデレ勇者の二重愛に困ってます!?
①～②巻
好評発売中！
ぷにちゃん
イラスト／SUZ
異世界に転生し、尊敬するオレ様魔王の秘書官として働くクレア。しかし突然人間界に住む勇者に召喚されて、聖女認定されてしまう！「打倒魔王」を謳う勇者は、クレアが魔族だと知りながらも溺愛が止まらなくて？

ビーズログ文庫

茉《ま》莉《つ》花《り》官《かん》吏《り》伝《でん》

才能を見初められた新米官吏の
立身出世物語《シンデレラストーリー》！

月刊プリンセス（秋田書店）
にてコミカライズ連載中！

①～⑫巻、好評発売中！

石田《いしだ》リンネ　イラスト／Izumi

試し読みは
ここを
チェック★

後宮女官の茉莉花《まつりか》は、『物覚えがいい』という特技がある。ある日、名家の子息とのお見合いの練習をすることになった茉莉花の前に現れたのは、なんと、皇帝・珀陽《はくよう》だった!!　茉莉花の才能にいち早く気付いた珀陽は……!?

第5回 ビーズログ小説大賞
作品募集中!!

新たな時代を切り開くのはいつも新人賞作品です。
たくさんの投稿、お待ちしております!!

★応募窓口が増えました！★

応募締切 2022年5月9日(月)正午まで

応募方法は3つ!

1)web投稿フォームにて投稿

所定のweb投稿ページから投稿することができます。必要な登録事項を入力しエントリーした上で、指示にしたがってご応募ください。

※応募の際には公式サイトの注意事項を必ずお読みください。

【原稿枚数】1ページ40字詰め34行で80～130枚。

2)小説サイト「カクヨム」にて投稿

応募作品を、『カクヨム』の投稿画面より登録し、作品投稿ページにあるタグ欄に「第5回ビーズログ小説大賞」(※「5」は半角数字)のタグを入力することで応募完了となります。

3)小説サイト「魔法のiらんど」にて投稿

応募作品を、『魔法のｉらんど』の投稿画面より登録し、「作品の情報と設定」画面にあるタグ欄に「第5回ビーズログ小説大賞」(※「5」は半角数字)のタグを入力することで応募完了となります。

上記小説サイトは、応募の時点で、応募者は本応募要項の全てに同意したものとみなされます。
【応募作品規定】につきましては、公式サイトの注意事項を必ずお読みください。

※小説サイト『カクヨム』または『魔法のｉらんど』から応募する場合は、
応募する小説サイトに会員登録していただく必要があります。
※応募方法に不備があった場合は選考の対象外となります。

■表彰・賞金

大賞：50万円　優秀賞：30万円　入選：10万円

「私の推しはコレ！」賞：書籍化確約

コミックビーズログ賞：書籍化&コミカライズ確約

＼＼ 詳しい応募要項は公式サイトをご覧下さい。//

ビーズログ小説大賞公式サイト

https://bslogbunko.comspecial-contentsbslog_award5